KB164562

성공한 사람들이 실천하는 2가지 습관

운동과 독서는 하나의 습관이다

성공한 사람들이 실천하는 2가지 습관

운동과 독서는 하나의 습관이다

최수민 지음

도서출판 더로드
The Road Books

프롤로그

우주인이 지구 밖에서 런닝 머신을 타는 이유

우리의 인생을 성공적으로 이끄는 것은 무엇일까?

돈? 인맥? 명예?

세상에는 우리를 성공적으로 이끄는 많은 요소가 있다.

그 중 한 가지를 꼽자면 습관이라 말하고 싶다.

습관은 우리 눈에 보이지 않은 시스템과 같다.

사과농장에서는 과수원이라는 시스템 속에서 사과라는 성과물을 만든다. 포도농장에서는 과수원이라는 시스템 속에서 포도라는 성과물을 만든다. 이러한 원리는 습관에서도 마찬가지라 생각한다.

습관이라는 시스템 속에서, 좋은 습관은 성공이라는 성과를 만들 확률이 높지만, 나쁜 습관은 우리도 모르는 사이 반대의 성과를 만들 수 있다.

이러한 습관의 특징은 성공한 사람들을 통해서 알 수 있다. 성공한 사람들을 살펴보면, 비슷한 시스템과 환경을 만들어 놓은 경우가 많다.

예를 들면,
부지런한 습관
메모하는 습관
감사하는 습관
긍정적인 습관
기도하는 습관 등과 같은 것들이다.

특히, 경제, 정치, 교육 등 모든 분야에서 나는 공통적인 습관을 발견했다. 그것은 독서와 운동하는 습관이다. 성공한 사람들에게 이 2가지 습관은 모두에게 있었다.

책에는 전직 대통령부터 기업가, 투자자 등 분야를 막론하고 독서와 운동의 중요성을 설명하기 위한 다양한 사례를 포함시켰다. 운동은 건강을 위해 지구 밖에서도 하고 있는 중요한 습관 중 하나이다.

책은 몸소 실천했던 경험을 바탕으로 독서와 운동하는 습관이 우리의 인생에서 정말 중요한 것임을 공유 하고 싶어 집필하였다. 또한, 독서와 운동습관을 갖기 위해 어떻게 접근해야 하는지에 대한 내용을 담았다.

본 책은 다음과 같은 분들에게 추천하고 싶다.

평소 독서습관을 만들고 싶었지만 매번 실패했던 사람

새해 목표로 운동을 계획했지만 작심삼일로 끝나는 사람

업무로 정신적인 스트레스로 지쳐있는 직장인

학업으로 지쳐있는 학생

운동선수를 꿈꾸며, 학업이 부족한 학생

공부로 인해 체력이 약한 학생

독서와 운동 2가지 습관을 동시에 병행하고 싶은 사람

그리고 삶의 변화와 성장을 원하는 사람

사실 연령, 성별, 나이를 불문하고 모두가 읽었으면 하는 바램이다. 또한, 독서와 운동하는 습관을 강조하는 이유가 한 가지 더 있다. 그것은 독서와 운동이 우리의 뇌와 밀접한 관계가 있기 때문이다.

독서와 운동은 건강한 뇌를 만들게 한다. 뇌교육 전문가들도 뇌를 활성화시키는 최고의 방법은 독서와 운동이라고 말했다.

《성공한 사람들이 실천하는 2가지 습관》는 총 5개의 장으로 구성되었다.

1장은 2가지 습관의 필요성과 중요성에 관하여 설명했다. 2장은 독서로 성공한 사람들의 실제 사례를 들어 독서의 중요성을 강조했다. 3장은 우리가 알고 있는 유명한 사람들 중 운동을 통해 삶의 변화를 맞이한 사례를 통해 운동의 중요성을 강조했다. 4장은 운동과 독서 습관을 만드는 방법을 구체적으로 설명했다. 5장은 2가지 습관을 통해 인생의 변화가 어떻게 찾아왔는지에 대하여 종합적으로 설명했다.

이 책의 마지막 장을 덮는 순간, 독서와 운동 중 하나라도 실천하고 싶은 마음이 들었으면 싶다. 그리고 더 나아가, 독서와 운동, 운동과 독서는 분리된 존재가 아닌, 서로 보완하고 함께하는 조화로운 존재라는 인식이 생겼으면 좋겠다.

2021년 7월

최수민 작가

차례

프롤로그 17

1장

왜 2가지가 하나의 습관인가?

01: 하나도 힘든데 2가지가 필요한 이유 17
02: 운동과 독서습관의 조화가 중요한 이유 23
03: 2가지 습관이 필요한 사람들 30
04: 습관은 인생에 있어 중요한 부분이다 38
05: 평범한 하루에서 가치 있는 하루가 된다 44
06: 원씽(one thing)으로 습관화하라 50
07: 베스트셀러 작가도 실천하는 2가지 습관 56
2가지 습관의 중요성 63

2장

왜 유명인사는 성공의 비결을 독서라고 말할까?

01: 빌 게이츠가 생각주간을 갖는 이유 67
02: 소프트뱅크 손정의 회장이 병상에서 한 일 73
03: 일론 머스크 회장이 우주선을 쏘아 올린 비결 78
04: 이병철 회장이 살아생전 극찬한 책 84
05: 워런 버핏, 그가 투자의 귀재가 될 수 있었던 이유 90
06: 성공의 시작이 되는 생각습관 96
07: 성공한 부자들의 공통점 102
08: 하루 30분, 독서습관 107
유명인사의 성공 비결 – 독서 113

3장

유명인사가 운동을 강조하는 이유

01: 이건희 회장이 외로움을 달랠 수 있었던 비결 117
02: 정주영 회장이 행복의 조건으로 강조한 것 123

03: 해외 명문대학교에서 운동을 강조하는 이유 128
04: AI 시대, 우주인이 지구 밖에서 운동하는 이유 134
05: 0교시 체육수업과 성적 140
06: 신이 내린 하루 30분의 기적 146
07: 영양까지 운동이다 153
08: 하루 30분, 운동습관 159
유명인사의 성공 비결 – 운동 167

4장

운동 & 독서 2가지 습관 만드는 방법

01: 지피지기면 백전불태 171
02: 습관의 기본은 24시간부터 관리하라 177
03: 나에게 맞는 습관부터 찾자 184
04: 목적은 훌륭한 습관을 만든다 191
05: 계획을 적고, 에너지를 아껴라 197
06: 종이에 적음과 동시에 실천하라 203
07: 우선순위로 하루 습관부터 만들자 210

08: 333 법칙 & 습관 만드는 방법 217
운동과 독서, 2가지 습관을 만드는 방법 225

5장

습관을 통해 지금의 인생을 만났다

01: 일상의 위기는 성장의 원동력이 되었다 229
02: 하루 1장 환경습관이 인생 전체를 바꾼다 235
03: 당신은 세계 최고의 리더가 될 수 있다 242
04: 하루의 가치를 소중히 여기자 248
05: 보상으로 습관을 완성하라 253
06: 평범한 하루가 즐거워지는 습관여행 259
07: 내 삶을 바꾼 2가지 습관 265
2가지 습관이 인생을 바꾼다 270

에필로그 272
참고문헌 278

PART 1

왜 2가지가 하나의 습관인가?

01

하나도 힘든데 2가지 습관이 필요한 이유

독서가 정신에 미치는 효과는 운동이 신체에 미치는 효과와 같다.

리처드 스틸

우리가 살고 있는 지구라는 행성에는 낮과 밤이 존재한다. 낮과 밤이 되는 이유는 2가지가 있다. 그것은 지구의 자전과 태양 때문이다. 쉽게 설명하면 지구가 자전하는 동안 태양빛을 받으면 낮이 되고, 태양빛을 받지 못할 때에는 밤이 된다. 낮과 밤은 지구상에 있는 생물체에게 생존과 조화를 이룰 수 있도록 한다. 낮에는 생산적인 활동을 밤에는 휴식을 취할 수 있도록 한다. 즉, 자연은 우리의 삶과 조화롭게 공존해 왔다. 이러한 조화는 우리의 인생에도 중요하다.

독서가 인간에게 미치는 영향

미국 신경심리학자 매리언 울프의 저서 『책 읽는 뇌』에서 다음과 같이 말했다.

> "인류는 책을 읽도록 태어나지 않았다. 독서는 뇌가 새로운 것을 배워 스스로를 재편성하는 과정에서 탄생한 인류의 기적적 발명이다."

과거 원시시대만 해도 지금과 같이 책을 읽는 모습은 상상하기 어려웠을 것이다. 그 당시에는 대부분의 삶이 수렵과 채집으로, 생존 그 자체가 삶의 목적이었을 것이다. 시대가 발전하고 문명이 발전하면서 책은 인간의 삶에 필수적인 것이 되었다. 책이 인간에게 중요한 이유 중 하나는 바로 뇌에 영향을 주기 때문이다. 인간에게 뇌는 없어서는 안 될 정말 중요한 한 가지이다. 또한, 책은 인간의 삶을 바꿀 수 있는 방법 중 하나이다.

이러한 이유로 현대 시대에 책은 성공을 위한 하나의 요소처럼 인간에게 중요한 영역이 되고 있다. 그리고 성공한 많은 사람들에게서 그 사실이 증명되고 있다. 대표적인 예로, 조선의 세종대왕, 삼성전자의 이건희 회장, JIMKIM 홀딩스의 김승호 회장, 마이크로소프트 창업자 빌 게이츠 등이 있다.

내가 독서에 눈을 뜬 것은 군 복무 시절이다. 장교로 임관하여 군 복무를 시작했다. 초임장교 시절 부대에 처음 전입 왔을 때, 나는 자신감과 자부심으로 가득했다. 모든 것을 잘해낼 수 있을 거라 생각했다. 하지만 이러한 자신감은 오래가지 못했다. 교육기관에서 배운 내용을 실제 부대에 적용시키기에는 한계가 있었다. 즉, 교육기관에서 배운 내용과 실제 부대에서는 차이가 있어서, 처음부터 새롭게 배워야했다. 맨땅에 헤딩하는 식으로 군 생활을 해야 했다. 그 과정에서 계속되는 훈련, 당직근무, 병력 관리, 사람관리 등으로 나의 부족함이 드러났다. 그때 나를 버티게 한 힘은 '독서와 운동'이었다. 지금 생각해봐도 책이 아니었다면 지금의 나는 없었을 것이다. 그 당시 책을 읽는 동안의 느낌을 말하자면, '살기 위해 읽었다.' 라고 말해야 할 것 같다.

그때 읽었던 책은 지금까지도 나의 삶에 영향을 주고 있다. 그리고 나의 첫 번째 책인 『군대에서 하는 미라클 독서법』으로 출간되었다. 그때의 독서는 내 인생의 터닝 포인트로 작용하고 있다.

운동이 인간에게 미치는 영향

과거 원시시대, 농경시대만 해도 운동이라는 단어는 필요가 없었을 것이다. 생활 자체가 운동만큼이나 활동성이 많았기 때문이다. 운동이 현대 시대에 중요하게 자리 잡은 이유로는 기술의 발전과 생활방식의 변화가 클 것이다. 기술의 발전은 컴퓨터를 탄생시켰고, 컴퓨터는 우리들의 일하는 시스템을 바꾸어 놓았다.

쉬운 예로, 일하는 방식이 달라졌다. 책상과 의자에 앉아 손은 키보드와 마우스를 잡고 눈은 모니터를 향해 있다. 또한 휴일에는 소파에 앉아 있거나 누워서 하루 종일 텔레비전을 시청한다.

이러한 생활환경의 변화는 인간의 신체에도 변화를 가져왔다. 바로 신체활동의 부족이다. 신체활동이 부족한 것 자체는 크게 문제가 되지 않아 보일 수 있지만 만약 신체활동 부족함이 지속된다면 우리의 사망률은 높아질 수 있다.

정선근 저자의 『백년운동』에는 이러한 내용이 잘 설명되어 있다.

"일본 국립암센터에서 성인 8만 3,034명을 대상으로 신체활동량에 따른 사망률을 분석한 결과가 있다. 신체활동이 많은 사람에 비해 적은 사람은 사망률이 30%가량 높게 나타났다."

그럼 사망률을 낮추기 위해 우리가 할 수 있는 것은 무엇인가? 그것은 바로 '운동'이다. 책에서는 운동이 사망률을 낮출 수 있다고 설명한다.

현대 시대에 들어 운동이 인간의 삶에 필요한 이유가 또 하나 있다. 운동이 인간의 뇌에 영향을 주기 때문이다. 운동은 뇌의 기능을 향상시켜 사람을 똑똑하게 만드는 효과가 있다. 현대인의 불치병인 불안과 스트레스를 잠재울 수 있어 우울증을 낮추는 효과도 있다.

또한 운동은 성공과 근접한 연관이 있다. 운동이 성공과 연관되는 증거는 많은 곳에서 입증되고 있다. 대표적인 기업가로 삼성전자의 이건희 회장과 JIMKIM 홀딩스의 김승호 회장이 있다. 그 밖에 영국의 이튼 칼리지, 미국의 하버드 대학교 등에서 운동을 중요한 하나의 영역으로 다루고 있다.

내가 운동에 눈을 뜨게 된 것은 초등학교 때부터이다. 초등학교 시절 다른 과목은 다른 친구들에 비해 잘하지 못했지만, 체육만큼은 자신 있었다. 그 당시 체력장이라는 일종의 체력 테스트가 있었는데 다른 친구들에 비해 점수가 꽤 높았다.

운동은 나의 인생에서 절반 이상을 함께 했다. 초등학생 때는 학교생활의 활력이었다. 중학생 때는, 축구를 통해 학교생활의 즐거움을 찾았고, 학교가 끝난 이후에는 운동을 하며 외로움을 달랠 수 있었다. 고등학생 때는 공부와 운동을 통해 입시를 통과할 수 있었다. 그리고 대학교 때는 ROTC 후보생에 합격할 수 있었다. 군대에 있을 때에는 소대원을 이끌고 온갖 훈련지역을 다니고, 무거운 군장을 어깨에 메고 행군을 할 수 있었다. 또한 운동은 나의 한계를 뛰어 넘게 하는 중요한 역할을 했다.

그런데 운동을 하는 순간에는 운동의 가치와 중요성에 느끼지 못했다. 직장생활을 하고 책을 읽으며 나에 대해 스스로 생각하는 과정에서 운동의 중요성과 가치에 대해 깨닫게 되었다.

운동과 독서 또는 독서와 운동

음이 있으면 양이 있고, 해가 있으면 달이 있듯이, 운동과 독서, 독서와 운동도 비슷한 관계라 생각한다.

독서를 통해 앎과 지혜를 배울 수 있었다면, 운동을 통해 체력을 키우고, 시련을 극복할 수 있는 용기를 배울 수 있었다.

지금까지, 많은 사람들이 독서의 중요성과 운동의 중요성에 대해 알고는 있지만 각각 생각하는 경우가 많다. 이 2가지를 하나로 묶어 병행해야 한다고 생각하는 사람은 거의 보지 못했다. 하지만 나는 이 2가지는 서로 분리해야 할 존재가 아닌, 서로 조화를 이뤄야 할 중요한 것임을 말해주고 싶다.

02

운동과 독서습관의 조화가 중요한 이유

가끔 떠나라. 떠나서 잠시 쉬어라. 그래야 다시 돌아와서 일할 때
더 분명한 판단을 내리게 될 것이다. 쉬지 않고 계속 일을 하다보면
판단력을 잃게 되리니 조금 멀리 떠나라.
그러면 하는 일이 좀 작게 보이고 전체가 한눈에 들어오면서
어디에 조화나 균형이 부족한지 더욱 자세하게 보일 것이다.

레오나르도 다빈치

독서 방법 중에는 수직적 독서와 수평적 독서 2가지가 있다. 수직적 독서는 한 분야의 책을 집중적으로 읽는 것이다. 수평적 독서는 여러 방면의 책을 읽는 것이다. 수직적 독서의 장점은 한 분야를 집중적으로 읽기 때문에 전문적인 지식을 쌓을 수 있다. 수평적 독서의 장점은 다양한 분야의 책을 읽기 때문에 다방면의 지식을 배울 수 있다. 그리고 다음 단계는 이 2가지를 조화시키는 것이다. 2가지의 조화가 일어나면 지식이 서로 융합하여 연계시키는 단계가 된다.

이러한 특징을 독서와 운동의 조화에서도 볼 수 있다. 독서와 운동의 조합은 한 마디로 정의하자면 정신과 육체의 조합과도 같

다. 보통 정신적인 면과 육체적인 면을 분리하여 생각하는 경우가 많다. 이것은 마치 우리의 신체를 팔과 다리를 분리하여 생각하는 것과 같다고 할 수 있다. 팔과 다리는 분리하여 생각할 수 있지만, 팔과 다리는 서로 유기적으로 연결되어 있어 떨어질 수 없는 관계이다. 이것은 우리가 걷는 행동을 통해서 쉽게 이해할 수 있다.

우리는 보통 걷는다는 표현을 할 때 두 발로 걷는다고 표현한다. 팔을 흔들고, 두 발로 걷는다고 표현하지 않는다. 하지만 우리가 실제로 걸을 때는 다리로 지면을 딛고, 팔도 함께 앞과 뒤로 움직인다.

몸과 정신이 보내는 조화의 신호

운전을 하거나 도로 위를 걷다 보면 홍보를 위해 게시한 현수막을 볼 수 있다. 잘 걸린 현수막의 경우에는 평평하게 펴져 있어서 누가 보더라도 깔끔한 이미지로 보인다. 반면 어떤 현수막의 경우에는 어딘가 부족해 보일 때가 있다. 그것은 현수막이 어느 한쪽으로 치우쳐 있다거나, 한쪽이 구겨져 있는 경우이다. 이런 경우 현수막은 균형이 깨져, 보기에도 좋지 않다.

이러한 현상은 우리 신체에서도 찾아볼 수 있다. 우리 몸과 정신의 균형을 위해서는 독서와 운동이 필요하다. 우리가 뇌의 기능을 향상시키고 싶다면 책을 읽고, 신체적인 건강을 증진시키고 싶다면 운동을 해야 한다. 독서만 하고 운동을 소홀히 하면 신체적인 기능은 저하될 것이다. 반면 운동만 하고 독서를 하지 않는다면 몸은 건강한데, 정신의 기능은 취약할 우려가 있다.

운동과 독서의 중요성을 깨닫게 된 결정적 계기는 직장생활에서 오는 위기 때문이었다. 직장생활은 생각했던 것과는 달리 녹록치 않았다. 업무에서 오는 스트레스, 상사와의 갈등, 인간관계에서 오는 스트레스 등 직장생활을 하는 동안 각종 사건·사고로 나의 일상은 점점 무기력해졌다. 회사 일을 마치고 집에 오면 엉망진창의 상태였다. 몸과 마음이 지친 상태로 집안일까지 하려니 답답했다. 집에만 오면 편할 줄만 알았지만 더 어지러운 상황에 처할 때도 있었다. 입사 초반에는 '최악'이라는 표현이 어울릴 정도로 엉망이었다. 이러한 문제를 해결하고자 시작한 게 '독서와 운동'이었다.

하지만 이때까지만 해도 독서와 운동 사이에 관계를 명확히 이해하지 못했다. 보통 사람들처럼 독서는 독서, 운동은 운동으로 각각 별개의 분야로 생각했다. 그래서 책을 읽고 싶을 때는 책을 읽고, 운동을 하고 싶을 때는 운동을 했다. 책을 통해 내게 필요한 지식을 배울 수 있었고, 운동을 통해 스트레스를 풀거나, 건강을 유지한다고 생각했다.

언젠가 몸이 좋지 않아 한동안 운동을 하지 못하는 시기가 있었다. 몸에 통증이 생기니 운동을 하고 싶은 의욕이 떨어지고, 괜히 병만 키우지 않을까 하는 생각이 들었다. 운동을 중단하고 독서만 했다. 책을 통해 인생의 변화와 성장을 느끼며, 독서만 해도 일상이 나아질 것이라 생각하고 있었다. 그렇게 몇 개월 정도 시간이 흘렀다. 운동을 하지 않으면 몸이 나아져야 하는데, 오히려 몸도 아프고 감정이 예민해지기 시작했다. 그리고 근육양이 줄고, 몸의 균형과 운동감각도 둔해지는 게 느껴졌다. 그리고 독서를 할 때도 영향을 주었다. 집중력이 떨어지고, 오랫동안 앉아서 책을 읽기가 어려워졌다. 신체활동이 부족해지면서 나의 몸에 균형이 깨지기 시작했고, 나의 정신과 일상에도 영향을 주기 시작한 것이다.

다시 시작한 운동

지금 생각해보면 이것은 당연한 결과였다. 하루 중 잠자는 것을 제외한 시간의 절반을 앉아서 일했다. 여기에 또 앉아서 책을 읽고 밤이 되면 누워서 잠을 잤다. 즉 신체활동이 부족하니, 몸에서부터 균형이 깨지기 시작한 것이다.

그리고 또 한 가지 깨닫게 된 것은 그나마 운동을 했기에 스트레스와 힘든 상황을 버틸 수 있었다는 것이었다. 이때 만난 한 권의 책이 나의 생각을 바꿔놓았다.

정선근 작가의 『백년허리』라는 책이었다. 정선근 작가의 본업은 의사이자 교수다. 서울대학교 병원에서는 의사로 환자를 치료하고, 학교에서는 교수로서 학생들을 가르쳤다. 나는 그의 책을 통해 '걷기'가 얼마나 좋은지 깨닫고 다시 운동을 시작했다.

나는 걷기 위해 새벽에 일찍 일어나기 시작했다. 새벽에 일어나면 무작정 밖으로 나갔다. 그리고 조금씩 걷기 시작했다. 그 당시 나의 몸은 허리 밑 엉덩이 부분에 심한 통증에 시달리고 있었다. 걸을 때마다 통증이 느껴졌지만, 참고 계속 걸었다. 그런데 걷기 시작하면서 몸이 조금씩 나아지는 것을 경험했다. 몸이 나아지면서 근력운동도 조금씩 병행하기 시작했다. 그리고 새벽 시간이나 퇴근 후 독서도 다시 집중할 수 있었다.

몸이 조금 나은 후에 알게 된 사실이지만, 사람 몸의 기능 중에는 자가 치유기능이 있다. 자가 치유 덕분에 통증이 심했던 허리 주변 엉덩이 부분도 걸으면서 점차 회복되었던 것이다. 이러한 사실도 정선근 교수의 책을 통해 알게 되었다. 우연의 일치라고 생각할 수 있지만 통증을 참아내며 걸었던 게 통증을 줄일 수 있었던 것이다.

다시 시작한 운동은 내 삶의 패턴을 바꾸어 놓았다. 그 당시 새벽에 일어나면 하루를 운동으로 시작했다. 운동을 시작한 후로는 자연스럽게 자신감이 생겨나기 시작했다. 근력운동을 병행하기 시작하자, 주변에서도 나의 신체 변화를 알아채고 운동을 하냐고 물었다.

하지만 여전히 직장에서 오는 업무 스트레스와 인간관계에서 오는 여러 가지 문제들로 나의 마음은 알 수 없는 걱정과 근심으로 가득했다. 운동을 하는 순간만큼은 모든 스트레스와 문제로부터 벗어 날 수 있었지만, 문제는 운동이 끝난 이후 다시 원점으로 돌아온다는 것이었다.

지금 생각해보니, 그 당시 느낀 걱정과 근심은 내 마음 깊은 곳에서 느껴지는 것이었다.

그것을 한마디로 표현하자면 '영혼의 공허함' 이었다. 운동이 스트레스를 풀어주고 건강하게 할 수 있어도 나의 영혼의 공허함을 해소하기에는 다른 해결책이 필요했다.

결론부터 말하자면 나는 다시 책을 읽기 시작했다. 군 복무 시절, 책을 통해 어려움을 극복한 경험이 생각났다. 이것은 말로 설명하기 어려운 느낌이다. 조금 어렵고 낯설게 들릴 수 있으나 몸에서 책을 원하는 듯 했다. 그 순간 나는 다시 책을 찾게 되었다. 나의 문제를 해결 할 열쇠는 '독서'라고 생각했다.

나는 퇴근 후, 다시 도서관을 찾았다. 그 당시 나의 고민과 관련된 책을 읽기 시작했다. 책을 통해 깨닫게 되었다. 기쁨도 슬픔도 모두 나의 마음에서 시작되고, 성공과 실패도 결국은 모두 하나라는 것을 말이다.

이렇게 독서와 운동은 나의 삶에서, 나도 모르는 사이 서로 유기적으로 관계하고 있었다. 그리고 나의 정신적인 면과 육체적인 면에 서로 연계하여 나의 삶을 점진적으로 변화 시키고 있었다. 이러한 경험은 몇 차례 지속되었다. 그 속에서 나는 한 가지 중요한 사실을 깨달았다. 독서와 운동, 운동과 독서는 서로 유기적인 관계 속에서 나를 향상시켜주고 삶을 나아지게 한다는 것을 말이다. 이 2가지는 둘이 아닌 하나라는 것을.

위기가 올 때마다 독서와 운동을 하며 버티고 이겨내며, 지금은 하나의 습관으로 몸에 베였다. 이제 운동과 독서는 더 이상 분리된 것이 아닌, 통합된 존재다. 둘 중 어느 하나를 분리하여 생각할 수 없게 되었다.

03

2가지 습관이 필요한 사람들

남들이 욕심을 낼 때 두려워하고, 남들이 두려워할 때 욕심을 내라.

워런 버핏

축구 경기에서 골을 넣는 공격수, 골프에서 멋진 샷을 날리는 골프선수, 농구에서 3점 슛을 성공시키는 농구선수, 이들에게는 한 가지 공통점이 있다. 그것은 그들에게 맞는 능력이다. 축구선수는 골을 골대에 넣기 위해 필요한 능력이 있다. 골프선수는 볼을 정확히 맞추기 위한 능력이 있다. 농구선수가 3점 슛을 성공시키기 위해서는 수비수를 넘겨 볼을 넣을 수 있는 능력이 필요하다. 이것은 습관에 있어서도 해당한다. 운동과 독서의 조화를 필요로 하는 사람이 있다.

공부하는 학생, 운동하는 학생

대한민국의 학생들이 좋은 대학교에 합격하기 위해 거쳐야 할 한 가지 관문이 있다. 그것은 '대학수학능력시험'이다. 수험생들에게 있어 수능시험은 인생에서 제일 중요할 것이다. 시험을 준비하는 학생만큼이나 부모님들도 좋은 점수를 받고 좋은 대학교에 합격하길 바랄 것이다. 수험생들은 좋은 점수를 받기 위해 새벽부터 밤늦게까지 공부에 매진할 것이다.

이렇게 수능을 위해 공부만 하는 학생이 있는 반면, 운동만 하는 학생들이 있다. 그들을 흔히 '학생선수'라고 부른다.

학생선수들은 쉽게 말해, 학교운동부에 소속되어 운동하는 학생을 의미한다. 일반 학생들이 공부로 대학교에 진학한다면, 운동부 학생들은 특기생으로 대학교에 진학한다. 문제는 정말 10대 시절을 온전히 운동으로만 보낸다는 것이다. 운동에만 모든 것을 집중하다 보니, 이로 인해 발생되는 문제가 적지 않다. 그것은 일반 학생과는 다른 '학습'과 관련된 내용이다. 운동으로 최고의 기량을 뽐내야 하는 상황이다 보니, 하루의 일과가 운동으로 시작해서 운동으로 끝난다. 최근에야 각종 사건·사고로 인해 각종 규정과 방침이 생겨나 학습권이 보장되지만, 여전히 학습과 관련해서는 고민할 필요가 있다. 다행히 과거와 달리 최근에는 운동선수들도 일반 학생과 동일하게 수업에 참석한 이후 운동을 한다. 그래도 학생선수들의 미래를 생각한다면 조금은 부족하다는 생각이 든다.

학생선수들의 학습을 보완시키기 위해 좋은 것은 단연 '독서'라고 생각한다. 왜냐하면 독서는 학생선수를 포함하여 모든 학생들에게 필요한 것이기 때문이다. 그리고 학생선수에게 독서는 일반 학생들과 차별화를 시킬 수 있고, 자신들의 경기력 향상에도 도움을 줄 것이다. 경기력에서 신체 기능적인 면이 경기의 승패에 영향을 주겠지만, 정신적인 면도 그에 못지않게 영향을 분명히 줄 것이다. 그렇기 때문에 자신의 경기력과 인생을 위해서라도 독서를 권하고 싶다.

학생선수들의 경우 머리가 굉장히 좋다고 할 수 있다. 스포츠는 결코 신체적으로 타고 난다해도 어느 정도의 한계가 있다. 스포츠에서 경기력을 높이기 위해서는 영양, 균형, 타이밍, 근력, 근지구력 등 모든 게 종합적으로 향상되어야만 경기력도 좋아진다. 그 중 뇌가 신체에도 영향을 미칠 것이다. 독서는 이러한 뇌에도 영향을 줄 것이기 때문이다. 나의 경험에 비추어 보면 정규교육도 중요하지만 독서만 제대로 해도 정규교육을 뛰어 넘을 수 있다고 말하고 싶다.

나는 중학교 2학년 때까지만 해도 공부를 잘 하지 못했다. 학교에 성적이라는 게 있는지도 몰랐다. 시험은 그냥 쳐야 하니 쳤다. 또한 다른 학생들이 선행학습을 하는지도 몰랐다. 왜냐하면 어린 시절 집안의 사정으로 대부분을 집에서 혼자서 지내야했기 때문에 '공부'하라는 소리를 들어본 기억이 없다. 그나마 초등학교 시절 아버지의 권유로 시작한 무술 운동이 내가 하교 이후 보내는 일과였다. 이러한 일과로 나에게 공부는 다른 나라 사람의 일이었다.

그러다가 중학교 2학년 겨울방학 때 아버지께서 인문계 고등학교에 가보는 게 어떻겠냐고 제안을 했다. 그 당시 중학교에서 인문계 고등학교에 진학하려면 성적이 좋아야 했다. 그리고 아버지는 나를 종합 학원에 등록 시켜주었다.

그 당시 나는 '학교-무술 도장-집'만 오고갔다. 학교가 끝나면 무술 도장에서 운동을 하고 집에 돌아왔다. 그런데 학원을 다니게 되면 운동을 제대로 할 수 없었다. 운동을 하지 않고 학원에 다닐 수도 있었지만, 운동을 포기할 수 없었다. 그래서 힘들어도 도장에서 30분에서 1시간정도 운동을 하고 학원에 가서 공부를 했다.

신기하게도 학원을 다니자 공부에 눈을 뜨기 시작했다. 공부에 재미가 생겼고 또래 친구들을 사귈 수 있어서 좋았다. 그렇게 1년이 지나자, 나의 성적은 바닥에서 올라오기 시작했다.

중3때 담임 선생님께서 나의 성적을 보며 극찬했던 장면이 지금도 나의 머릿속에 뚜렷이 남아 있다. 그렇게 하여 나는 그 당시 명문고라 불리는 3개 학교 중 내가 원하는 학교에 입학할 수 있었다.

아마 일반 학생들에게 공부와 운동을 같이 병행하라고 권하면 반대하는 부모님도 있을 것이다. 공부할 시간도 없는데 운동을 어떻게 하냐고.

반대로 운동하는 운동부 학생들에게 독서를 권유하면 운동할 시간도 없는데 독서를 어떻게 하냐고 반대할 지도 모르겠다. 그럼에도 나는 공부와 운동, 운동과 독서를 병행하라고 말해주고 싶다. 아무리 좋은 학교에 진학하고, 부유한 삶을 살아도 건강하지 못하면 모든 것이 물거품이 된다. 아무리 운동으로 뛰어나도 정신과 마음이 일체가 되지 않는다면 한계에 봉착한다.

내가 말하고 싶은 것은 공부와 운동을 함께하는 습관을 가지라는 것이다. 요즘은 학교에도서 방과 후 프로그램, 학교 스포츠 클럽 등 다양한 프로그램으로 학생들의 운동을 권장한다. 또한, 위의 프로그램과 '자전거 타기'와 '걷기'를 권하고 싶다. 하루 30분만 걷거나 자전거를 타자. 부모님과 함께 할 수 있다면 같이 하는 것을 추천한다.

짧은 시간이지만, 학생들은 운동을 통해 잠시나마 학업 스트레스로부터 벗어나는 경험을 할 것이다. 그리고 아이들의 신체발달과 건강에도 도움이 될 것이다.

운동을 집중적으로 하는 학생들에게는 일주일에 최소 한 권의 책을 읽으라고 권하고 싶다. 그래야 운동만 했을 때 발생하는 부족한 학습을 보강할 수 있다. 어쩌면 일반 학생들보다 더 우수한 지식을 습득하고, 학습을 깨우칠 수 있다. 그리고 운동선수들에게는 한 가지 일반 학생과 다른 강점이 있다. 그것은 '끈기'다. 그들은 운동을 통해 버티는 힘이 일반 학생보다 크다. 공부를 잘하는 학생 중에는 체력이 부족하여 한계에 부딪치는 학생들이 있다. 반면 운동선수들은 체력이 좋다. 그리고 운동을 통해 길러진 근성과 끈기를 독서에도 적용시킨다면 아마 세계적으로도 경쟁력을 갖춘 인재가 될 것이다. 왜냐하면 이미 세계 유명한 아이비리그 대학교는 스포츠를 하나의 중요한 교육으로 인식하고, 유명한 리더들 중에서도 체육을 경험한 인재가 많기 때문이다. 부디 명심했으면 좋겠다.

대한민국 경제 국가대표 직장인

대한민국의 직장인들은 정말 대단하다고 말해주고 싶다. 나 역시 직장인이기에 그들의 심정을 누구보다 이해한다. 사람이 누군가의 밑에서 일한다는 것은 힘든 일이다.

아침에 잠을 깨우는 알람이 울리면 그야말로 괴롭다는 생각이

든다. 직장생활을 시작하는 초년생에게는 더욱 심할 것이다. 업무는 아직 미숙하고 타지 생활은 더욱 힘들게 만든다. 그래서 요즘은 신규직원들의 퇴사율도 높다는 뉴스 기사를 읽은 기억이 있다.

하지만 아무리 힘들어도 입사를 했다면 잠재된 능력이 있다는 증거이다. 나는 독서와 운동을 직장인에게 정말 적극 추천 해주고 싶다. 2가지 모두 힘들다면, 한 가지라도 일단 시작하라고 말해주고 싶다. 독서는 지금 다니고 있는 직장에 대해 새로운 시야를 가질 수 있게 해준다. 직장인들에게 퇴사에 대한 욕구는 항상 생긴다. 오죽하면 가슴 속에 사직서를 품고 다닌다고 하지 않는가!

나 역시 현재 사회생활을 하고 있기에 더욱 직장인의 삶을 이해하고 공감할 수 있다. 어쩌면 이 글을 읽는 직장인 중에는 지금 이 글이 진부하다고 느낄 수 있다. 그래도 나는 강조하고 싶다. 왜냐하면 내가 산 증인이기 때문이다. 나 또한 독서와 운동이 없었다면 나는 벌써 사직서를 내고 어딘가에 있었을 것이다. 하지만 지금까지 버텨본 결과, 여러분이나 다른 직장인이나 매한가지 동일한 생각을 하고 있을 것이다. 믿지 못하겠다면 주변 직장인 친구나 지인에게 전화를 걸어 물어봐라. 요즘 생활이 어떤지 말이다. 아마 대부분이 비슷한 푸념을 늘어놓을 것이다.

그래서 더욱 독서습관과 운동습관을 만들라고 말해주고 싶다. 직장인에게 독서습관과 운동습관이 필요한 이유는 다음과 같다.

1. 자기계발

2. 자아발견

3. 가치의 상승

회사의 관문을 통과하기까지 누구나 많은 노력을 했을 것이다. 이렇게 힘들게 노력해서 왔지만, 현실은 또 다른 어려움으로 힘들 것이다. 그리고 그게 인생이란 것도 점차 깨닫게 될 것이다. 직장인이 되어 독서와 운동을 하며 좋았던 점은 불필요한 생각을 멈추고 생산적으로 생활할 수 있었다는 점이다. 그리고 그 속에서 나를 돌아보고, 나의 가치를 높일 수 있는 계기가 되었다.

그리고 또 한 가지를 들자면, '버티는 힘'을 기를 수 있었다. 직장인은 모두가 힘들다. 각종 스트레스와 정신장애, 장염을 달고 산다고 할 수 있다.

힘들 때 술을 마시지 말고 걸어라! 자신의 미래가 불투명 할 때는 책을 들자! 이것을 일상 생활에서 습관화 한다면 하루 세끼 먹듯이 달리고, 책을 읽게 될 것이다.

이번 장에서는 학생과 직장인을 중점으로 이야기했지만 사실, 운동과 독서하는 습관은 전 국민이 모두 가졌으면 좋겠다. 2가지 습관의 가치를 깨달으면 인생의 많은 변화가 찾아올 것이다.

04

습관은 인생에 있어 중요한 부분이다

젊었을 때 형성된 좋은 습관이 모든 차이를 만든다.

아리스토텔레스

젊은 시절 누구나 한 번쯤은 성공에 대한 꿈을 꿀 것이다. 외제차를 타고 다니는 꿈, 한강의 야경을 한눈에 볼 수 있는 집, 일등석에 앉아 여유롭게 여행하는 꿈 등. 이런 꿈꿨던 삶과 달리 우리의 현실은 그리 만만치 않다. 아침이면 울리는 알람소리로 하루를 시작하고, 매일 아침 지하철과 버스를 타기 위해 전쟁 아닌 전쟁을 치러야 한다.

하지만 이러한 상황 속에도 희망과 꿈을 가지고 살아가는 사람이 있다. 미래에 대한 꿈을 그리고, 자신의 소망을 성취하기 위한 계획을 세운다. 그리고 그것을 실행에 옮긴다. 매일 실천하며 살아간다. 이것은 무엇일까? 답은 '습관'이다.

입사 후 처음으로 만들어진 습관

내가 처음 입사 했을 때 일이다. 입사 후, 3개월간은 수습기간이었다. 3개월 동안 조직의 분위기를 파악하고, 사람들과 친분을 쌓는다. 그 당시에는 출근하면 사무실 정리부터 했다. 쓰레기 봉투, 분리수거함 정리, 책상 정리 등. 아침에 정리해도 저녁이 되면 다시 정리해야 할 것들이 쌓였다. 퇴근하기 전에 다시 쓰레기를 버리고, 정리해야 했다.

또한 아침에 해야 하는 일 중 한 가지는 신문 정리였다. 전날에 읽은 신문은 치우고 그날의 신문으로 대체해야 했다. 나는 정리를 위해 아침 일찍 출근했다. 이러한 생활을 3개월 동안 지속했다.

입사 후, 3개월 동안 청소와 정리정돈을 한 덕분인지, 하나의 습관으로 자리 잡았다. 아침에 출근하면 자연스럽게 나의 시선은 분리수거함으로 향했다. 다른 신규직원이 입사한 이후 나의 역할은 줄었지만, 마음 한 곳에 알 수 없는 아쉬움이 있었다. 몇 년이 지난 지금도 여전히 출근하면 청소 상태와 주변 정리가 어떤지 둘러보게 된다.

습관이 중요한 이유

우리는 은연중에 많은 행동을 한다. 웃는 습관, 악수하는 습관, 칭찬하는 습관 등 무의식중에 하게 된다. 이러한 행동은 내가 의식하지 못한 채 행동하게 된다. 그래서 습관이라는 것은 중요하다.

이유는 아래와 같다.

1. 좋은 습관은 성공으로 연결된다.
2. 습관은 우리의 삶을 결정짓는다.
3. 나쁜 습관은 우리를 시련으로 인도한다.
4. 습관은 무의식 중 행동으로 표현된다.
5. 습관이 나의 인생을 이끈다.

첫째, 좋은 습관은 성공으로 연결된다.

좋은 습관을 갖는다면 우리의 삶은 성공이라는 문을 향해 더욱 가까워질 것이다. 좋은 습관을 가진 사람과 같이 있으면 느끼는 감정부터 다르다. 그들과 같이 있으면 긍정적이고, 즐거우면 함께하고 싶은 생각이 든다.

둘째, 습관은 우리의 삶을 결정짓는다.

습관이란 우리가 어떤 행동을 반복했을 때 익혀진 행동이다.

즉, 반복적이고 지속적으로 행동한 결과의 산물이라 할 수 있다. 최소 수십 번에서 수만 번까지의 노력의 결과라 할 수 있다. 그래서 우리는 좋은 습관을 들여야 한다. 좋은 습관은 우리를 행복한 삶으로 이끈다.

셋째, 나쁜 습관은 우리를 시련으로 인도한다.

반대로 나쁜 습관은 우리가 인식하지 못한 채 조금씩 고통과 시련의 길로 인도한다. 나쁜 습관을 가진 사람과 함께 있으면, 왠지 기운이 빠지고 부정적인 감정을 느끼게 된다. 나쁜 습관은 사람과의 관계를 단절시키고, 자신의 문제조차 인식하지 못하게 만드는 독과 같다.

넷째, 습관은 부의식 중 행동으로 표현된다.

옛말에 '세 살 버릇 여든까지 간다.'라는 말이 있다. 그 만큼 어린 시절의 습관이 중요하다는 의미이다. 습관은 우리도 모르는 사이 버릇처럼 표출된다. 좋은 습관이라면 더할 나위 없이 좋겠지만, 나쁜 습관도 버릇처럼 표현되기 때문이다.

다섯째, 습관이 나의 인생을 이끈다.

처음 습관을 만들 때에는 나 자신이 주최가 되어 노력한다. 하지만, 습관이 만들어지면 습관이 우리를 이끌어 간다. 그렇기 때문에 우리에게 습관은 중요하다. 중요하기 때문에 좋은 습관을 길러야 한다.

위기가 만든 이겨내는 습관

누구나 한 번쯤은 습관이 중요하다는 생각을 했을 것이다.

지금 이 글을 읽는 독자 분들에게 한 가지 물어보고 싶다. 인생에 습관의 중요성을 인지하고 있는지 말이다. 그리고 한 가지 습관을 만들기 위해 노력한 경험이 있는지도 말이다.

나의 인생에도 많은 위기가 찾아왔다. 어린 시절 집안은 어려웠고, 아버지는 사기를 당하시는 등의 크고 작은 일들이 있었다.

내가 직장인이 되어서도 위기는 끊임없이 찾아왔다. 위기가 올 때면 좌절과 실망감은 나의 마음을 짓눌렀다. 하지만 내가 할 수 있는 것은 그저 현실을 받아들이고 정면으로 맞서는 것이었다.

매 순간 위기는 찾아왔다. 위기의 순간이 올 때면 위기를 극복하고자 많은 시도를 했다. 새벽 5시~6시 사이에 일어나 하루를 시작하는 일, 인근 공원에서 30분 정도 산책하는 일, 퇴근 후 노을을 보며 하루를 돌아보는 일, 휴가 기간 나만의 꿈을 찾는 일, 도서관에서 책 읽기, 영화 보기, 퇴근 후 운동, 직장 다니며 대학원 공부, 기도, 명상, 영어 공부, 군 전역 후 유럽 배낭여행 등 많은 시도를 했다.

겉으로 보기에는 많은 자기계발로 화려해 보이지만, 살아남기 위한 나만의 방법이었다. 한번 시작하면 어떤 것도 포기할 수 없었다. 포기하는 순간 나의 삶도 끝이라는 생각이 들었기 때문이다. 나는 지고 싶지 않았고, 이겨내고 싶었다.

지금 이 글을 읽는 순간 자신도 모르는 사이 습관화된 행동을 하고 있을 것이다. 핸드폰을 보는 행동, 책을 볼 때 허리를 피는 행동, 다리를 꼬는 행동 등. 그리고 자신도 모르는 사이 습관이 만들어지는 행동도 있을 것이다. 이 중에는 여러분을 성공의 길로 인도하는 좋은 습관이 있을 것이고, 우리를 시련으로 이끄는 좋지 않은 습관도 있을 것이다. 좋은 습관은 우리의 삶도 더욱 좋은 방향으로 이끌어 갈 것이다.

05

평범한 하루에서 가치 있는 하루가 된다

우리의 인생은 우리가 노력한 만큼 가치가 있다.

프랑수아 모리아크

지구별에는 많은 종류의 생물, 물체, 자연 등이 존재한다. 아침에 눈뜨면 마주하는 태양이 있다. 마른 사막을 적셔주는 장대 같은 소나기가 있다. 비가 그친 뒤, 맑게 갠 푸른 하늘이 있다. 아프리카의 초원에는 살아 숨 쉬는 야생동물과 그들을 피해 다니는 초식동물이 있다. 이 초식동물들은 푸른 잔디를 먹으며 생존한다. 지구의 허파라 불리는 브라질의 아마존에는 열대우림이 존재하여, 우리에게 신선한 산소를 공급해준다.

만약 그때 습관의 중요성을 깨달았다면

두 발로 직립하는 사람의 경우 산소를 마시며, 살아간다. 이렇게 세상의 모든 존재들은 저마다 고유의 가치를 가지고 있다. 그들은 매일 자신들의 가치를 발휘하여, 서로가 서로를 위해 움직이고 살아간다. 이는 습관에서도 마찬가지다. 우리 인간도 저마다의 가치가 있다. 매일 실천하는 습관 속에서 우리의 가치는 빛이 난다. 이러한 가치는 하루하루의 습관이 모여 그 가치의 진가가 발휘 하는 것이라 생각한다.

입사 초기에는 습관의 중요성을 느끼지 못했다. 습관에 대해 고민할 필요가 없었다. 그 시절은 시키면 시키는 대로 하면 되는 줄 알았다. 아침에 출근하면 사무실 문을 제일 먼저 개방하여, 문이 닫히지 않도록 받침대를 꽂아 고정시킨다. 그리고 사무실 정리와 분리수거를 위해 정리함으로 이동한다. 쓰레기봉투가 꽉 차 있으면 쓰레기봉투를 교체해준다. 분리수거함은 플라스틱 함과 병·유리함이 있다. 분리수거함이 꽉 차 있으면 그때마다 수거함을 비웠다. 그 밖에 정리할 사항을 다 완료한 이후에 자리에 와서 앉는다. 그리고 9시가 되면 업무를 시작한다. 오전 시간이 흐르고, 점심시간이 되면 팀원들과 식사를 한다. 식사 후 자리에 앉아 집중하다보면 퇴근하게 된다. 퇴근 후에는 개인 시간이다. 이렇게 나의 하루는 말 그대로 물 흐르는 대로 시간을 보냈다.

지금 생각해보면 시간이 아깝다. 그 당시에는 누구 하나 습관에 대해 말해주는 사람이 없었다. 일상 속에서 시간이 흐르며 나의 나이는 1살씩 더해지고 그에 맞게 진급했다. 그 사이 나에게는 많은 위기가 찾아왔다. 업무, 대인관계, 상사와의 의견 대립 등. 남들과 쉽게 융화되지 못하는 성격은 갈등을 더욱 부추겼다. 나에게는 마음 편하게 지낼 사람과 공간이 점점 제한되었다. 이러한 흐름은 자연스럽게 책을 읽고, 명상을 하고, 운동을 하는 등 자기계발을 하게 만들었다. 고향을 떠나왔기 때문에 친한 사람은 많지 않았다. 술을 좋아하지 않아 술친구도 많지 않았다.

내가 선택할 수 있는 것은 2가지 밖에 없었다. 이 상황을 극복하거나, 아니면 사직서를 제출하고 회사를 나가는 것. 하지만 이대로 나가는 것은 나의 자존심이 허락하지 않았다. 나는 첫 번째 방안을 선택했다. 현실의 어려움을 한 걸음 한 걸음 극복하며, 자기계발을 통해 좋은 습관을 갖게 되었다.

지금 이 글을 읽는 독자 중에 습관을 만들어 본 경험이 있는지 물어보고 싶다. 습관을 만드는 과정 속에는 한 가지 공통적인 내용이 있다. 그것은 바로 '시간'이다.

한 가지 습관이 만들어지기 까지는 시간이라는 요소가 필요하다. 경험상 하루 이틀로는 습관이 형성되지 않는다. 꾸준히 지속될 때 습관이 형성된다.

언제나 강조해도 모자란 시간의 중요성

자브리나 하아제 작가의 『원하는 나를 만드는 오직 66일』에는 누구나 66일만 하면 원하는 대로 습관을 바꿀 수 있다고 주장한다. 어느 정도 일리가 있는 말이라 생각한다.

하지만 이보다 더 중요한 것은 바로 '하루의 시간'이라 생각한다. 결국 하루라는 시간이 66번 되었을 때 습관이 만들어진다는 결론이 도출되기 때문이다. 이러한 사실을 깨달은 후에는 하루 24시간이 정말 다르게 느껴지기 시작했다. 시간에 대한 중요성이 몇 배는 커졌다.

중요성을 깨달은 이후, 하루를 가치 있게 사용하기 위해 노력했다. 그것은 다음과 같다.

1. 하루 24시간을 항목별로 나누었다.
2. 업무시간 이전과 이후의 시간을 활용했다.
3. 실천하고 수정했다.

첫째, 하루 24시간을 항목별로 나누었다.

우리의 하루 시간은 24시간으로 되어있다. 24시간을 업무시간, 개인 시간, 이동 시간 등으로 나누는 것이다.

하루 24시간 중 6시간을 잔다고 하면, 18시간이 남는다. 그리고 보통 일을 하면 8시간 업무를 한다. 8시간 업무를 하면 10시간이 남는다. 그럼 우리는 남은 10시간을 사용할 수 있다. 이 중 출근과 퇴근 시간으로 최대 2시간을 사용한다고 하자. 그러면 우리에게는 8시간이 남는다. 8시간 중 최소 2시간은 자기계발로 사용할 수 있다. 그래도 우리에게는 6시간이 남는다.

둘째, 업무시간 이전과 이후의 시간을 활용했다.

한국에서 대부분의 직장인은 아침 9시에서 저녁 6시까지 일을 한다. 그렇다면 아침 9시 이전 시간과 저녁 6시 이후 시간을 활용할 수 있게 된다. 아침 9시 이전에는 최소 2시간을, 저녁 6시 이후에도 2시간을 활용할 수 있을 것이다. 아침에는 조금만 일찍 일어나면 될 것이고, 저녁에는 특별한 경우가 없는 한 자신을 위한 자기계발 항목을 선택하면 될 것이다.

셋째, 실천하고 수정했다.

시중에 많은 종류의 자기계발 서적이 있다. 책에 나오는 부분들 중에서 자신에게 맞는 부분이 있을 수 있고, 그렇지 않은 부분이 있을 것이다. 나 역시 마찬가지다. 그래서 한 가지 습관을 만들기 위해서는 지속적인 실천이 필요하다. 지속적인 실천 속에서 자신의 상황과 성향에 맞춰 자리 잡게 만들어야 한다. 누군가는 새벽과 저녁 시간을 나누어서 하는 게 맞을 수 있다. 하지만 누군가는 아침보다는 저녁에 하는 것을 선호할 수 있다. 그래서 실천을 지속하며 자신에게 맞도록 수정을 거듭할 것을 권한다.

위와 같은 단계를 거쳐 현재 나는 나만의 습관을 만들 수 있었다. 무엇이든 처음 시작이 어렵지 지속하다보면 누구든지 자신만의 습관을 만들 수 있다. 보다 자세한 설명과 도움이 필요하다면 이메일(munmu7@naver.com)로 연락을 주길 바란다.

우리의 시간은 다음과 같은 특징이 있다.

"하루가 일 년 같고, 일 년이 하루 같다."

그만큼 하루는 길게 느껴지고, 일 년이라는 시간은 돌이켜보면 짧다는 말이다. 이것은 1년 뿐 아니라 그 이상을 돌이켜봐도 비슷한 것 같다. 10년 전을 돌아봤을 때, 과거 10년은 어떻게 지나갔는지 모를 정도로 빠르게 지나간 것 같다.

아마 지금 이 글을 읽는 독자 분들도 비슷한 생각을 할 것이다. 지금 여러분의 10년 전을 떠올려보자. 10년이란 세월이 느리지만은 않았을 것이다. 시간은 지금도 흐르고 있다.

이제 여러분의 하루가 누구보다 가치 있길 바란다.

하루를 10년 같이, 10년은 하루와 같이.

06

원씽(one thing)으로 습관화하라

노력을 중단하는 것보다 더 위험한 일은 없다. 그것은 습관을 잃는 것이다.
좋은 습관을 버리기는 쉽지만, 다시 길들이기는 어려운 일이다.

빅토르 위고

성공한 기업가, 유명한 운동선수, 명성 있는 음악가 등 세계적으로 유명한 사람에게는 한 가지 공통점이 있다. 그것은 '끊임없는 노력'이다. 포기하지 않고 끝까지 노력해 자신의 분야에서 최고가 되었다.

피겨 스케이팅의 여왕 김연아 선수, 영국 프리미어리그에서 뛰었던 축구 선수 박지성, 올림픽에서 금메달을 목에 건 사격의 진종오 선수와 해외에서 농구 황제로 불렸던 마이클 조던, 수영의 황제로 불리는 마이클 펠프스 등 이들은 모두 한 가지에 집중했다. 만약 이들이 2개 이상의 종목을 했다고 가정해보자. 과연 그들이 지금과 같은 기록을 남겼을까? 이는 우리가 습관을 만들 때도 동일하다. 한 가지 습관을 만들기 위해 노력하자. 한 가지 습관은 제2의 습관으로 이어질 수 있다.

우연함에서 시작된 하나의 습관

직장생활 중 인생의 전환점이 된 시기가 있었다. 그것은 어느 지인과의 대화에서였다. 그는 나보다 나이가 많았지만 새벽에 일어나 책을 읽거나 운동을 했다. 그리고 아침에 부족한 잠은 점심시간을 이용해 약간의 낮잠을 잔다. 그와의 대화는 나에게 많은 영감을 주었다. 나보다 나이가 많은 사람도 저렇게 열심히 삶을 살아가는데, 나는 어떻게 살고 있는가 하며 돌아보게 되었다. 그 후 나의 생각은 바뀌었다. 그 당시 나는 직장생활에 대한 회의를 느끼고 있었다. 직장일과 타지에서의 생활은 공허함과 무기력을 느끼게 했다.

그날 이후로 나는 나 스스로를 바꾸기 시작했다. 그 시절 나의 생각은 단순했다. 일단 일찍 일어나는 것이었다. 알람을 새벽 5시나 6시로 맞추었다. 새벽에 일찍 일어나기 시작한 첫 날은 비몽사몽이었다. 그 당시 새벽에 했던 것은 '몸 풀기'였다. 몸 풀기를 일부러 하려고 한 게 아니라, 할 수밖에 없었다. 간단히 몸을 푸는 것 말고는 하고 싶은 게 없었다. 그 이후로 일주일, 1달, 3개월, 5개월,

일 년 동안 지속적으로 실천했다. 회사에서 출장을 갈 때와 쉬는 날에도 새벽 습관을 유지하기 위해 노력했다.

언젠가 알람 맞추는 것을 깜빡하고 잠든 적이 있었다. 그런데 놀랍게도 기존에 맞췄던 알람시간과 비슷한 시간대에 일어날 수 있었다.

그 당시의 경험은 아래와 같은 깨달음을 주었다.

1. 습관이 만들어지는 과정이 중요하다.
2. 한 가지 습관을 만드는 게 중요하다.
3. 자신만의 습관이 만들어진다.

첫째, 습관이 만들어지는 과정이 중요하다.

하나의 습관을 만들기까지 많은 시행착오를 겪었다. 아침에 일찍 일어났지만 정신은 멍했고, 눈은 감겨서 제대로 뜨지도 못할 때가 있었다. 잠에서 깨기 위해 무작정 밖으로 나갔다. 머릿속에 아무 생각이 없었다. 하지만 이러한 과정 속에서 점점 익숙해지는 경험을 하곤 했다. 잠에서 깬 후에는, 이불속에서 재빨리 일어나려고 노력했다. 지속적인 시도 끝에 새벽에 일어나는 것은 자연스러워졌다.

둘째, 한 가지 습관을 만드는 게 중요하다.

한 가지 습관을 만드는 것은 쉽지 않다. 하지만 한 가지 습관을 만들고 나면 그 다음 습관은 만들기 수월하다. 습관을 만들 때도 종류만 다를 뿐이지, 결국 과정은 비슷하다. 독서습관을 기른다고 가정하자. 1년에 50권을 목표로 한다면, 한 달에 몇 권을 읽어야 할지 계산이 나온다. 그리고 일주일에 몇 권을 읽는지도 알게 된다. 일주일에 할당된 책을 읽기위해서는 하루에 읽을 수 있는 시간을 계산하게 될 것이다. 독서 다음으로 필사습관을 만든다고 가정하자. 한 권의 책을 필사하려면 총 페이지 수를 알아야 한다. 만약 200페이지라고 가정을 했을 때, 40일 안에 한 권을 목표로 하자. 그렇다면 하루에 5장씩 작성하면 된다. 독서에서 필사라는 콘텐츠만 변경되었을 뿐 원리는 비슷하다.

셋째, 자신만의 습관이 만들어진다.

우리는 저마다 각기 다른 생각, 지식, 체형을 가지고 있다. 습관을 만들기 위해 시도하다보면, 결국 자신만의 습관이 자리 잡게 될 것이다. 아침에 일찍 일어나는 것을 예로 들어보자. 만약 새벽 5시에 일어나는 것을 목표로 했다면, 상황과 자신의 생활 패턴에 맞추며 점차적으로 새벽 5시에 일어날 수 있다. 처음에는 새벽 6시에 일어날 때도 또는 새벽 6시 이후에 일어날 수도 있다. 이러한 것도 하나의 과정이다. 계속 시도를 하다보면 어느 새 목표한 새벽 5시에 일어날 것이다. 그래서 계획했다면 실천을 해야 한다.

아침에 무작정 '일찍 일어나자'라는 생각보다는 고정된 시간을 정한 후 실천 하는 게 좋다. 새벽습관이 만들어 진 후, 다음으로 시도한 것은 간단한 '몸 풀기'였다. 겉으로 보기에는 고작 몸 풀려고 아침에 일찍 일어나나 생각할 수 있다. 하지만 이 작은 동작은 시간이 흐르며 '운동'하는 습관으로 발전했다. 근력운동을 하다 보니, 운동과 관련된 자격증에 관심이 생겼다. 그리고 자격증 시험까지 도전할 수 있었다.

새벽에 일찍 일어나서 회사 근처에 있는 헬스장으로 향했다. 헬스장에서 매트가 깔린 장소로 곧장 이동했다. 바로 누워서 스트레칭과 허리에 좋은 몇 가지 동작을 했다. 약 30분 정도 한 이후에는 다시 집으로 돌아왔다. 특별히 한 것이 없음에도 집에 오면 1시간이라는 시간이 흘렀다. 나는 출근준비를 한 후 구내식당에서 아침식사를 했다. 스트레칭과 허리에 좋은 동작을 지속적으로 하다 보니, 몸의 통증이 줄고 점점 좋아지는 것을 느꼈다. 몸이 점차 좋아진 후, 헬스장에 있는 기구를 활용하여 운동을 시작했다. 몸은 조금씩 좋아지기 시작하여, 외부에서도 나의 몸에 대해 칭찬하는 경우도 경험했다. 이 기회를 살려 나는 운동 관련 자격증에 도전하였고, 운 좋게 필기시험에 합격할 수 있었다.

처음에는 아침에 일찍 일어나는 단순한 행동이지만, 이 작은 행동은 점차, 근력 운동으로 이어졌다. 이렇게 한 가지 습관을 들인다면, 두 번째, 세 번째 습관은 수월하게 만들 수 있을 것이다. 그래서 한 가지 습관을 만드는 과정이 중요하다. 그 과정만 제대로 익힌다면 여러분이 원하는 습관을 만들 수 있을 것이다.

어린 시절 한 번쯤은 도미노를 가지고 놀았던 기억이 있을 것이다. 도미노는 일정한 간격과 패턴을 두고 세워야한다. 중간에 혹시라도 잘못 놓게 된다면 도미노는 무너지고 만다. 처음 도미노를 세울 때는 생각했던 것만큼 잘 되지 않을 수 있다. 때로는 중간에 잘못 건드려 무너지거나 완성 될 즈음에 무너지는 경우도 있다. 하지만 우리가 인내를 가지고 한 번 완성 시키면, 다음 번 도미노를 세울 때는 한결 수월해진다. 그리고 완성된 도미노를 쓰러뜨릴 때 성취감을 느낄 수 있다.

이는 우리의 습관과도 비슷하다.

우리가 하나의 습관을 만들기가 어렵지, 한번 제대로 된 습관을 들인다면 다음 습관도 그 원리를 활용하여 내 것으로 만들 수 있다. 그리고 그 습관은 우리를 성장시키는 원동력이 되어 성공적인 삶으로 연결될 것이다.

07

베스트셀러 작가도 실천하는 2가지 습관

어느 날 아침에 눈을 떠보니 당신이 꼭 하고 싶었던 일들을 할 수 있는 시간이 없다는 것을 깨닫게 될 것이다. 그러니 지금 시작해라.

『연금술사』의 저자 파울로 코엘료

학창 시절 자동차가 알려준 시간 교훈

직장인은 회사에 입사하기 전 많은 교육을 받는다. 초등학교에 입학해서는 구구단을 배우고 언어를 배우기 시작한다. 중학교에 입학해서는 국어, 수학, 영어 등 정규교과목을 위주로 배운다. 일부 학생들은 학교가 끝나면 학원으로 이동하여 시험을 위해 예습과 복습을 한다. 고등학교에 가면 2가지의 길로 나뉜다. 취업을 할 건지, 아니면 대학에 갈 것인지. 많은 것을 배웠지만, 여전히 우리는 성인이 되어서도, 직장인이 되어서도 배움이 필요하다. 가끔 독서를 하며 떠오르는 생각이 있다. 만약 어린 시절, 학교에서 '시간

관리'에 대한 중요성과 교육을 체계적으로 받았다면 우리의 삶은 어땠을까? 라고 말이다. 하지만 아직 늦지 않았다. 지금부터라도 책을 읽고 시간 관리를 시작한다면 우리의 삶은 현재보다 값진 삶으로 이어질 것이다.

이 글을 읽는 독자 중 학창 시절 인상 깊게 배운 것이 있는지 묻고 싶다. 안타깝게도 대부분이 학창 시절을 떠올리면 그렇지 못하다고 한다. 나 또한 학창 시절 배운 것을 떠올리면 대부분 기억이 나지 않는다. 하지만 한 가지만은 떠오른다. 그것은 졸업식 때 교장선생님이 말씀하신 내용이다. 다음과 같다.

10대 때의 시간은 10Km의 속력으로 흐른다.
20대 때의 시간은 20Km의 속력으로 흐른다.
30대 때의 시간은 30Km의 속력으로 흐른다.
40대 때의 시간은 40Km의 속력으로 흐른다.
50대 때의 시간은 50Km의 속력으로 흐른다.

그 당시 10대였던 나에게 교장선생님의 말씀은 마음에 와 닿지 않았다. 지금 와서 돌이켜보면 맞는 말이라 생각한다. 오히려 더욱 빨리 지나가는 듯하다. 종종 교장선생님의 말을 떠올리면 하루가 소중하게 느껴진다.

윤슬 작가의 『시간 관리 시크릿』에는 시간 관리에 관하여 다음과 같은 구절이 나온다.

"하버드 대학에 입학하면 가장 먼저 배우게 되는 것이 시간 관리라고 한다. 누구에게나 똑같이 주어지는 24시간을 어떻게 보내느냐가 가장 중요하다는 메시지와 함께 추구하는 것. 원하는 것을 이루기 위해 시간을 활용하는 방법을 배운다고 한다."

대학교에 입학해서 시간 관리에 관하여 배운다는 것은 배우지 않는 학생들보다 남다른 인생을 살 것이라 생각한다. 이 글을 읽는 독자 중 아직 학생 신분이라면 참고했으면 좋겠다. 대학교 시절부터 시간 관리에 대해 익히고 배운다면 좋은 습관을 익힐 수 있다. 이러한 습관은 시간이 흘러 직장인이 되거나 사업주가 되어서도 인생의 큰 밑거름이 될 것이다.

습관에 관심을 가지던 시기에 읽은 책이 있다. 그것은 할 엘로드와 데이비드 오스본이 같이 쓴 『미라클 모닝 밀리어네어』다. 이 책에는 미라클 모닝을 위해 다음과 같은 단계가 나온다.

"첫째, 침묵한다. 산만한 생각을 잠재우고 하루에 집중하는 시

간이다. 명상, 침묵 등

둘째, 확신의 말을 한다. 가장 중요한 확신의 말을 읽는다. 목표, 목표를 실행하는 이유 등

셋째, 시각화한다. 오늘 완수해야 할 중요한 일을 실행에 옮기는 모습을 시각화한다.

넷째, 운동한다. 전신운동에 좋은 팔 벌려 뛰기 또는 푸시업을 최대 60회 한다.

다섯째, 독서한다. 책을 들고 한 단락이든 한 쪽이든 읽는다.

여섯째, 쓰기를 한다. 감사한 일 또는 달성하고 싶은 성과를 적는다."

우연의 일치겠지만, 그 당시 내가 새벽에 실천하고 있던 것과 흡사했다. 아침에 일어나 책을 읽고 필사를 했다. 이불 밖을 떠나 산책을 하고 운동을 했다. 집중이 되지 않을 때는 고요한 분위기 속에 눈을 감고 명상을 했다. 그래도 책의 내용 중 좋은 것은 내 것으로 만들려고 노력했다. 나의 상황과 맞지 않은 것은 과감히 배제하였다. 이러한 시도 끝에 나만의 아침 습관을 만들 수 있었다.

그것은 다음과 같다.

1. 잠에서 깨어나면 이불 밖으로 나온다.

2. 생수병의 물을 통째로 마신다.

3. 신발을 신고 문밖으로 나간다.

4. 자기계발 또는 업무 등을 시작한다. (운동, 독서 등)

첫째, 잠에서 깨어나면 이불 밖으로 나온다.

처음에는 쉽지 않았다. 일어나면 다시 눕고 싶었다. 알람을 끄고, 다시 엎드려서 자고 싶었다. 그래도 일단 이불 밖으로 나가기 위해 노력했다. 이불 밖으로 나가면서 몸을 움직이면 조금씩 잠에서 깬다. 한 번은 알람이 울리면 다시 5분 후, 10분 후를 맞춰서 다시 잠드는 나를 발견했다. 그래서 한 가지 방법을 고안했다.

그것은 '요가매트'였다. 잠자리 옆에 요가매트 한 장을 펼치고, 일어남과 동시에 일단 요가매트 위로 자리를 옮겼다. 효과는 좋았다. 신기하게도 요가매트 위로 올라가면, 내 몸은 자동적으로 몸을 푸는 동작을 했다. 다리를 올려 허벅지를 잡고, 몸을 좌우로 움직이며 조금씩 잠에서 깨어났다.

둘째, 생수병의 물을 통째로 마신다.

우리 몸을 구성하고 있는 물질의 절반 이상이 물이다. 그래서 기상 직후 마시는 물은 우리 몸에 좋은 기능을 한다. 대표적으로 소화 기능이 개선되고, 변비 예방, 혈액순환 등이 있다. 그리고 개인적으로 잠 깨는 데에도 효과적이다. 나는 생수병을 냉장고에 넣어놓거나 눈에 보이는 곳에 꺼내놓고 마신다. 그래야 기상과 동시에 이불 밖으로 나가 물부터 마실 수 있기 때문이다. 잠도 깨고 건강도 챙기는 효과를 보았다.

셋째, 신발을 신고 문밖으로 나간다.

운동할 때 느낀 점이 있다. 아침 운동을 할 때 신발 신는 게 어렵지, 일단 나가면 자연스럽게 운동을 하게 된다. 비몽사몽 상태여도 일단 문밖을 나가면 잠이 깬다. 그리고 맑은 공기를 마시며 기분도 상쾌해진다. 밖에 나오면 달리기를 해도 좋고, 탁구, 테니스, 축구 뭐든 다 좋다. 자신이 좋아하는 운동을 하면 된다.

넷째, 자기계발 또는 업무 등을 시작한다. (운동, 독서 등)

이제 자신이 하고 싶은 자기계발을 시작하면 된다. 평소 자신이 좋아하는 취미여도 좋다. 운동을 해도 좋고, 독서를 해도 좋다. 글쓰기를 좋아한다면 필사나 글을 써도 좋다. 혹시라도 업무를 하고 싶다면 일도 좋다. 누구의 방해가 없는 상태이기 때문에 생산적으로 일하게 될 것이다.

시간 관리는 습관 관리

단계적으로 나눠서 설명했지만, 결론은 간단하다. 어떻게든 아침에 일어나면 된다. 일단 일어나서 자신만의 시간을 만드는 게 핵심이다.

세상에는 많은 위대한 일들이 있다. 이러한 모든 일이 비단 하루아침에 이루어지지 않았을 것이다. 하지만 모든 일의 시작은 사소한 하루의 시작으로 이루어진다. 비록 현재 습관을 만들어 가는 여정이 힘들고 어렵더라도, 그 하루가 모여 위대한 습관이 만들어 질 것이다.

여러분의 건승을 빈다.

2가지 습관의 중요성

(1) 2가지 습관이 필요한 이유

- 독서: 뇌에 긍정적인 영향(지식, 간접경험, 지혜, 정신적 영향 등)
- 운동: 신체에 긍정적인 영향(건강, 뇌에서 도파민과 같은 호르몬 생성, 사망률 감소 등)
- 독서와 운동은 정신과 육체의 조화를 이루고, 뇌를 건강하게 만들 수 있다

(2) 독서와 운동 습관의 조화가 중요한 이유

- 독서: 독서만 할 경우 건강이 나빠질 수 있다.
- 운동: 운동만 할 경우, 우리 삶에 필요한 지식과 지혜가 부족할 수 있다.
- 독서로 삶에 필요한 지식과 지혜를 배우고, 운동으로 건강하고 튼튼한 신체를 만들 수 있다.

(3) 2가지 습관이 필요한 사람들

- 공부하는 학생
- 운동하는 학생
- 직장인
- 남녀노소, 전 연령층

(4) 습관이 인생에서 중요한 이유

- 좋은 습관은 성공적인 삶으로 연결된 확률이 높다
- 성공하는 사람들은 공통적으로 비슷한 습관을 가졌다(독서, 운동 등)

- 습관은 시간이 흘러 우리의 삶을 결정할 수 있다

(5) 습관으로 가치 있는 하루가 되는 이유

- 습관으로 24시간을 체계적이고 효과적으로 보낼 수 있다
- 수동적인 하루가 아닌 능동적이고 적극적인 하루가 된다
- 평범한 하루에서 생산적인 하루가 될 수 있다

(6) 한 가지 습관을 만들면 다른 습관도 만들 수 있다

- 한 가지 습관을 만들면 다른 습관을 만들기는 한결 쉬워진다
- 독서 습관을 만들었다면, 독서 대신 운동으로 항목을 바꿔서 실천하자
- 한 가지 습관은 2가지 3가지 습관으로 확장시킬 수 있다

(7) 아마존 베스트셀러 작가도 실천한 2가지 습관

- 첫째, 침묵한다.

(산만한 생각을 잠재우고 하루에 집중하는 시간. 예) 명상, 침묵 등)

- 둘째, 확신의 말을 한다

(가장 중요한 확신의 말을 읽는다. 예)목표, 목표를 실행하는 이유 등)

- 셋째, 시각화 한다

(오늘 완수해야 할 중요한 일을 실행에 옮기는 모습을 시각화 한다)

- 넷째, 운동한다

(전신운동에 좋은 팔 벌려 뛰기 또는 푸시업을 최대 60회 한다)

- 다섯 째, 독서한다

(책을 들고 한 단락이든 한 쪽이든 읽는다)

- 여섯 째, 기록한다

(감사한 일 또는 달성하고 싶은 성과를 적는다)

PART 2

왜 유명인사는 성공의 비결을 독서라고 말할까?

01

빌 게이츠가 생각 주간을 갖는 이유

오늘의 나를 있게 한 것은 우리 마을 도서관이었다.
하버드 졸업장보다 더 소중한 것이 독서하는 습관이다.

빌 게이츠

빌 게이츠는 1955년생으로 미국의 기업인이다. 한국에서는 마이크로소프트사 창업주로 유명하다. 그리고 하버드대학 응용수학 전공을 중퇴하였다. '마이크로소프트' 는 누구나 알고 있을 것이다. 전 세계 컴퓨터에 들어가는 소프트웨어 중 하나와 관련 있기 때문이다. 2007년 6월, 빌 게이츠는 하버드로 돌아왔다. 그가 돌아온 이유는 학위를 받기 위해서이다. 그가 중퇴한 지 33년만의 일이다. 이날 빌 게이츠는 졸업생 대표로 축사를 하게 되었다.

빌 게이츠의 독서습관

빌 게이츠는 어린 시절부터 학습열이 높았다고 한다. 초등학교 때는 하루의 대부분을 도서관에서 시간을 보냈을 정도로 책을 아주 가까이 했다. 책을 너무 많이 읽은 나머지 부모님이 걱정할 정도였다. 그래도 부모님은 빌이 원하는 책이 있으면 아낌없이 구매해 주었다. 이러한 어린 시절 습관 때문일까. 성인이 되어서도 그의 독서습관은 이어졌다. 평소에도 책을 읽는 것으로 유명하다. 바쁠 때는 일주일에 한두 권을 읽으며, 휴가 때에는 5권을 읽기도 한다.

빌 게이츠의 사례를 통해 배울 것이 많다고 생각한다. 특히, 한국의 학생들도 어린 시절부터 독서습관을 가지면 좋겠다. 직장생활을 하니, 독서의 중요성을 다시 느끼게 되었다.

어린 시절 읽었던 책 『삼국지』는 아버지가 나를 위해 구매하셨다. 그 당시 『삼국지』를 구매하며 하셨던 아버지의 말씀은 아직도 잊혀 지지 않는다. 『삼국지』를 3번 읽으면 세상을 누구보다 잘 살 수 있다고 말씀을 하셨다. 나는 그 말을 믿고 3번 읽었다. 그 당시 내가 『삼국지』를 얼마나 이해했을까 싶지만, 지금에 와서야 그때 나에게 해주신 말씀의 의미를 깨닫게 되었다.

많은 인물들의 성격, 임기응변, 전략, 전술, 치밀함 등 간접경험을 통해 세상을 살아가는 지혜를 배우라는 의미였을 것이다. 정말이지 그때 읽은 『삼국지』가 나의 인생에 영향을 준 것만은 확실하다. 왜냐하면 책에 등장하는 인물 중 '조운'이라는 인물이 있는데 '조운'은 학문과 무예가 출중했다. 어느 것 하나 소홀하지 않았다. 내가 중요하게 생각하는 '운동과 독서' 역시 그의 영향이 아닌가 생각된다.

다시 빌 게이츠 이야기로 돌아와서 그의 독서습관에 대해 알아보자. 몇 가지 특징이 있는데 요약하면 아래와 같다.

1. 1년에 50권 안팎의 종이책을 읽는다.
2. 감상문을 책 가장자리에 적는다.
3. 책을 읽은 후 느낌이나 감상문을 공유한다.

빌 게이츠는 1년에 보통 50권 안팎의 책을 읽는다. 책을 읽고 난 이후에는 책의 가장자리에 기록을 하거나, 책에 대한 감상문을 작성한다. 그리고 지인들과 메일로 공유를 한다. 이렇게 책을 읽고 메일을 보내며 재미를 느낀 빌 게이츠는 대중들과 공유하기 위해 '게이츠 노트'라는 블로그를 시작했다.

이해성 저자의 『1등의 독서법』에서는 빌 게이츠의 독서와 관련하여 다음과 같이 소개했다.

"나는 『헝거게임』같은 베스트셀러부터 테니스 스타 안드레 애거시의 자서전 『오픈』등 장르를 가리지 않고 읽는다. 아담 스미스의 『도덕 감정론』을 비롯해 뉴욕대 윌리엄 이스털리 교수의 『세계의 절반 구하기』, 미시간대 프라 할라드 교수의 『저소득층 시장을 공략하라』, 그리고 영국 옥스퍼드대 폴 콜리어 교수의 『빈곤이 경제학』 같은 책들은 많은 깨달음을 주었다. 나는 책을 통해 많은 것을 배웠다."

빌 게이츠의 생각주간

빌 게이츠의 독서습관 중 유명한 습관이 있다. 그것은 '생각주간'이다. 빌의 생각주간이란, 1년에 두 번씩 일주일간 모든 활동을 중단하고, 자신만의 시간을 갖는 것이다. 이 기간 동안에는 오직 책을 읽거나 논문, 보고서, 새로운 동향 관련 자료 등을 읽는다. 읽은 이후에는 자신의 생각을 정리한다. 생각을 정리하며 마이크로소프트의 미래를 깊이 고민하고 폭넓게 생각하는 시간을 갖는다. 빌은 이러한 습관을 1980년대부터 실천해왔다. 그는 생각주간을 통해 인터넷 브라우저 시장 1위를 차지 할 수 있었다. 기존 넷스케이프를 제칠 수 있었고 온라인 비디오 게임 시장에도 진출할 수 있었다. 또한, 자신이 고안한 '생각주간'을 마이크로소프트의 공식 시스템으로 도입했다.

빌 게이츠의 시간 관리는 철두철미하기로 유명하다. 그는 시간을 5분 단위로 계획을 세울 정도로 빽빽한 일정 속에 산다. 그런 그가 어떻게 보면 휴가라 할 수 있는 7일간의 시간을 자신이 세운 마이크로소프트를 위해서 사용하기 때문이다. 이 대목을 통해 그가 자신의 일과 회사를 정말 많이 사랑하는 것을 느낄 수 있다.

이런 생각주간을 통해, 개인적으로 배운 게 있다.

1. 미래에 대한 준비
2. 일상과 일시적인 단절
3. 지속되는 배움

빌 게이츠의 생각주간을 통해 그의 준비성에 대해 배울 수 있었다. 이미 빌 게이츠는 사회적으로, 경제적으로 부와 명성을 쌓았다. 하지만 그는 배움을 멈추지 않았다. 미래를 예측하고 준비하는 모습을 보며 나 스스로를 돌아보게 되었다. 또한, 독서를 통해 지속적으로 학습하는 모습은 많은 사람들에게 귀감을 줄 거라 생각한다.

나도 생각주간과 비슷한 경험을 했다. 연휴를 맞이하여, 독서 여행을 떠났다. 여행을 떠날 당시는 첫 책 『군대에서 하는 미라클 독서법』이 출간된 시점이었다. 독자에서 작가로 위치가 바뀐 순간이었다. 집필 기간 동안 다양한 책을 읽었지만, 내가 읽고 싶은 책은 잠시 미뤄야 했다. 책을 쓰는 동안 읽고 싶은 책에 대한 일종의 목마름이 생겼다. 그래서 여행 가방 안에 책과 필사할 노트를 가득 채워서 일주일 정도 여행을 떠났다. 그리고 책을 읽으며 나의 미래를 생각하고 고민했다. 내가 5년 후, 10년 후 미래를 상상하며 무엇을 하고 어떤 일을 할지에 대해 계획을 세울 수 있었다.

빌 게이츠는 매일 자신에게 2가지 최면을 건다고 한다. 그것은 다음과 같다.

첫째, 오늘은 큰 행운이 나에게 있을 것이다.

둘째, 나는 뭐든지 할 수 있다.

이 글을 읽는 독자들도 오늘부터 당장 실천했으면 좋겠다.

여러분에게도 큰 행운이 있을 것이고 뭐든지 할 수 있다.

02

소프트뱅크 손정의 회장이 병상에서 한 일

꿈을 수치화해서 기한을 정하는 것.
꿈을 구체적인 목표로 나타낼 수 있으면
절반은 달성한 것이나 다름없다.

손정의

손정의는 일본의 소프트뱅크 그룹의 창업주이자 회장이다. 또한 일본의 야구팀 소프트뱅크 호크스의 구단주이기도 하다. 한국의 롯데 자이언츠에서 활약 중인 야구 선수 이대호가 한때 활동했던 팀이기도 하다. 그와 관련하여 간략히 소개하면, 16살에 큰 뜻을 품고 미국으로 건너가 그는 캘리포니아 대학교 버클리 캠퍼스에서 경제학을 공부했다. 그는 미국 유학기간 동안 목숨 걸고 공부한 것으로 유명하다. 어느 정도로 공부를 했냐면 폐렴에 걸렸는데도 그 사실을 모를 정도로 공부에 모든 것을 쏟았다.

코가 막히고 기침이 나오는 상황에서도 그는 교실에 맨 앞줄 한가운데에 앉아 선생님들의 말씀을 한 마디도 놓치지 않기 위해 노력했다. 공부는 24시간 이어졌다. 화장실, 길을 걸을 때도 공부를 했으며, 운전을 하는 동안에는 녹음한 테이프를 통해 복습했다. 잠자는 시간도 최소화 하여, 눈이 떠있는 상태에서는 손에서 책을 떼지 않았을 정도이다. 공부와 관련하여 놀라운 일화가 있다. 고등학교 2학년으로 입학했지만, 3학년 과정을 5일 만에, 4학년 과정을 5일 만에 스스로 공부하여 월반하였다. 그의 고등학교 과정은, 일본에서의 고등학교 1학년 6개월과 미국에서 2주 기간으로 끝을 냈다.

위의 일화를 통해 우리가 배울 수 있는 점이 많다고 생각한다. 그것은 아래와 같다.

1. 대충하지 않는다.
2. 집중해서 한다.
3. 목숨 걸고 한다.

첫째, 대충하지 않는다.

그의 일화를 통해 그가 미국에서 정말 열심히 공부한 것을 알 수 있다. 치열하게 공부한 끝에 2주 만에 미국에서의 고등학교 과정을 끝냈다.

둘째, 집중해서 공부한다.

3학년 교과서를 별도로 주문하여 5일 만에 읽고, 4학년 교과서를 연이어 5일 만에 읽은 것을 통해 그가 정말 공부에 집중한 것을 알 수 있다. 또한, 하루 24시간 동안 다른 것은 쳐 다도 보지 않고 공부에 집중했다.

셋째, 목숨 걸고 한다.

폐렴이 걸린 상황에서도 그는 절대 공부를 소홀히 하지 않았고, 누구보다 한 글자라도 더 배우기 위해 노력한 것을 알 수 있다.

손정의 회장의 독서습관

손정의 회장이 지금의 위치에 있을 수 있었던 중요한 만남이 있었다. 그것은 책과의 만남이었다. 그가 열다섯 살이 되던 해에, 그는 한 가지 중요한 책을 만났다. 그것은 『료마가 간다』라는 책이다. 이 책을 만난 후 그는 유학을 결심하고, 16살에 미국 캘리포니아 버클리 캠퍼스로 갔다. 그리고 목숨을 건 사투 끝에 유학을 마치고, 일본으로 돌아왔다. 그리고 지금의 소프트 뱅크 그룹이 탄생했다.

그는 평소에도 책을 꾸준히 읽는다고 한다. 지금까지 읽은 책을 합하면 약 6,000권 이상일 것이다. 책과 함께 그만의 독창적인 습관이 하나 있다. 그것은 '5분간의 생각 법칙'이다. 유학시절 아버지가 병으로 쓰러져 경제적으로 힘들어 유학을 중단할 위기에 처했다. 그런 그가 생각한 것은 '하루 5분 만에 월 100만 엔 이상을 버는 방법' 이었다. 그렇게 하여 탄생한 게 '강제 조합법' 이다. 강제조합법에 관하여 간단히 소개하자면 다음과 같다.

1. 문제해결법
2. 수평사고법
3. 조합법

첫째, 문제해결법은 세상에 문제가 있다고 생각한다면 그것을 해결하기 위한 방법을 발명 하는 것이다.

둘째, 수평사고법은 둥근 것을 네모나게 만들고, 하얀 것을 빨갛게 만드는 등 역발상을 하는 것이다.

셋째, 조합법은 라디오와 카세트를 조합하여 라디오카세트가 되게 하고, 오르골과 시계를 조합하여 오르골이 붙여진 시계가 되는 방법이다.

이 중 세 번째인, 조합법을 실천하기 위해 300장의 카드를 만들어 그 중 무작위로 두 장을 선택하여 결합했다. 이러한 결합 끝에 250개의 새로운 발명품을 탄생시켰고, 대표적인 제품으로 '음성 자동번역기'가 있다.

병석에 누운 기간 그가 한 일

그가 병석에 누운 기간 그가 한 일은 독서이다. 이미 글을 읽는 동안 눈치를 챘으리라 생각한다.

손정의 회장이 일본으로 돌아와 회사를 시작한 1년 후, 병이 생겨 3년 반에 걸쳐 입원과 퇴원을 반복했다. 이 기간 동안 그는 자신이 지금의 위치에 있게 한 『료마가 간다』를 다시 한 번 읽으며 자포자기 했던 자신을 반성했고, 약 4,000권 가량의 책을 읽었다. 역사서, 비즈니스 관련서, 만화 등 다양한 종류의 책을 읽었다.

중요한 것은 책을 읽는 동안 그가 스스로에 대해 생각하고 내린 결론이다. 그는 자신이 목숨 받쳐 일하는 이유에 대해 골똘히 생각했다. 그가 내린 결론은 풍요로운 삶이 아닌 '자기만족' 이었다. 얼굴 한번 본적 없지만 누군가로부터 '고맙다'라는 말을 듣는 일, 자신의 마지막 순간에 후회하지 않는 인생, 100년, 200년 후의 사람들에게 환영 받는 일이다.

손정의 회장과 관련된 독서이야기, 그의 5분 생각습관, 유학 생활이야기 등은 독자들에게 충분히 도움이 될 거라 생각한다. 그가 몸소 보여준 것 같이, 높은 뜻과 포기하지 않는 근성으로 자신의 꿈을 이뤘으면 좋겠다.

03

일론 머스크 회장이 우주선을 쏘아 올린 비결

전 절대 포기하지 않습니다.

일론 머스크

일론 머스크는 3개 회사의 회장이자 1개의 공동 회장을 맡고 있는 사람이다. 개인적으로 회장직을 맡고 있는 것은 테슬라, 스페이스X, 뉴럴링크와 공동 회장직을 맡고 있는 것은 오픈AI이다. 쉽게 설명하면, 테슬라는 전기 자동차를 생산하는 회사이고, 스페이스X는 우주선을 만드는 기업이고, 뉴럴링크는 인간의 뇌와 컴퓨터를 연결하는 회사이다. 그리고 공동 회장직을 맡고 있는 오픈AI는 인간에게 유익함을 제공하기 위한 인공지능 연구소이다.

일론 머스크의 경우에는 한국의 상황과는 너무 동떨어진 인물이라 소개하는데 많은 고민을 하였다. 그의 생각과 사상은 혁신적이고 존경을 받을 만하나 현실적이고 실용적인 면에서는 일상생활에 적용시키기에 어려움이 있다고 생각했다.

하지만 나의 생각을 바꿔 놓은 계기가 생겼다. 인터넷에서 우연히 그와 관련된 영상을 시청했는데 영상을 보는 동안 나는 놀라지 않을 수 없었다. 왜냐하면 그의 도전정신 속에 숨겨진 '근성'을 봤기 때문이다. 그는 사업 초창기 시절 1억 달러 금액의 개인 자산을 투자했다.

한국 돈으로 환산하면 약 1,000억 원(일 천억) 금액이다. 그만큼 자신의 일을 사랑하고 꿈을 포기하지 않았다.

일론 머스크의 학습력

일론 머스크는 어린 시절부터 궁금증과 호기심이 남달랐다. 프로그래밍을 독학하였고, 열 살 때는 컴퓨터를 구매하여 13살 때 상업용 프로그램을 만들어 팔았다. 이러한 과정 속에서 프로그래밍 관련 책을 자연스럽게 접하고 읽었을 것이다.

일론 머스크는 오래 전부터 우주에 관심을 가지고 있었다. 우주에 관심을 가지면서 자연스럽게 인간은 화성에 가게 될 것이라는 생각을 했다. 왜냐하면 지구는 언젠가는 한계를 맞이할 것이며, 지구가 멸망한다면 지구에 살고 있는 인간은 멸종할 수밖에 없을 것이라 생각했기 때문이다. 그리고 일론 머스크는 이러한 이유로 각종 연구기관의 화성 관련 자료를 찾아보았다. 하지만 어떤 자료도 찾을 수 없었다. 이에 충격을 받은 일론 머스크는 한 가지 중대한 결정을 내린다. 그것은 바로 '독학'이다.

그는 인간을 화성에 보내기 위해 스스로 공부하기 시작했다. 그 결과 그는 우주선 제조에 중대한 영향을 미친 한 가지 힌트를 발견한다. 그것은 '재료비 절감'이다. 재료비 절감 힌트를 얻은 일론 머스크는 본격적인 화성 탐사를 위한 작업에 들어갔다. 그리고 3번의 실패 끝에 세계 최초로 민간인이 발사한 우주로켓 '펠컨 1호'를 성공시켰다.

일론 머스크의 경우 1989년에 퀸스대학에 입학하여 펜실베니아 대학에 편입한 이후, 1995년 졸업 이후 박사과정 입문까지 7년이라는 학업을 이어갔고, 그곳에서 물리학을 공부했다. 그 시절 공부한 물리학이 자신이 우주탐사에 대한 계획을 실천하는 과정에서 도움이 되었을 것이다. 하지만, 우리가 상식적으로 생각했을 때, 그가 우주탐사에 대한 꿈을 실현시키기 위해 얼마나 많은 연구를 했는지 말하지 않아도 짐작이 갈 것이다.

물리학과 제1원리

일론 머스크는 많은 회사를 운영하면서 어려움을 겪었지만 결국 모두 성공적으로 이끌었다. 페이팔, 솔라시티, 테슬라, 스페이스X 등 중간에 위기를 맞았지만, 결국 민간인 최초의 우주선을 쏘아 올렸다. 그렇다면 그가 이렇게 위대한 업적을 한 개도 아닌 여러 개의 혁신을 이룰 수 있었던 비결이 무엇일까? 이에 대해 일론 머스크는 TED강연에서 자신의 비결에 관하여 설명했다.

그것은 '물리학'이었다. 그리고 그것을 일종의 제1원리 사고법이라 표현했다. 그의 설명을 빌리면 아래와 같다.

> 제1원리 사고법이란, 물질의 근본적인 것까지 파고들어 그로부터 다시 생각해 나가는 것이다. 대부분의 사람은 유추해 나가는 방식을 사용하지만, 제1원리 사고법과는 다른 것이라 설명한다. 이러한 제1원리 사고법을 위해서는 물리학적으로 접근해야 한다. 물리학은 직관에서 벗어나 어떻게 하면 새로운 것을 발견할 수 있을지에 대한 고민이다.
>
> 제1원리에 관하여 조금 더 구체적으로 설명하면 다음과 같다. 제1원리에서부터 추론을 시작하는 것이다. 가장 근본적인 논거에 이르기까지 어떤 문제를 압축해 나가는 과정이다.

쉽게 설명하면, 우리가 옷을 산다고 가정했을 때, 유명 브랜드의 옷의 가격이 만 원이라고 가정하자. 그러면 다른 매장의 같은 브랜드의 가격도 비슷할 것이라 생각하는 것이 유추이고, 의류 자체의 원단과 소재의 성질을 파악하여, 원가부터 생각하여 그것의 가격을 확인하여 의류 자체를 생각하는 것이 추론이다. 이것이 일론 머스크가 물리학에 기반 하여 주장하는 제1원리이다.

독서에 필요한 제1원리

일론 머스크의 제1원리를 독서법에도 적용시키면 좋겠다는 생각이 들었다. 많은 사람들이 책을 읽거나 구매할 때 다른 사람의 평가에 의존한다. 베스트셀러와 누군가로부터 좋다는 말을 들었을 때 그 책을 선택한다. 하지만 분명 베스트셀러라는 말에 속았다는 느낌을 받은 독자가 있을 수도 있다.

일론 머스크의 제1원리를 활용하면 다음과 같이 독서에 적용시킬 수 있다. 먼저 책의 내용이 어떻게 구성되어 있는지 확인한다. 책에는 핵심 내용, 각종 수치, 예시 등으로 구성되어있을 것이다. 그곳에서 핵심이 되는 내용을 먼저 확인한다. 그리고 그 핵심과 파생되는 예시, 수치, 자료를 연결시켜 책을 읽는 것이다.

실제로 일론 머스크는 독서를 할 때 자신만의 원리를 가지고 책을 읽는다. 책속에 큰 기준의 기본 원칙이 되는 것을 이해한 후 그와 파생되는 지식을 만들어 간다. 쉽게 말하면, 마인드맵을 연상할 수 있다. 마인드맵은 하나의 큰 덩어리를 만든 후 그 다음에 이어지는 내용을 꼬리에 꼬리를 물고 적어나간다.

이 원리를 쉽게 이해하기 위해 나무에 비유하면 좋을 것 같다. 나무에는 뿌리, 줄기, 나뭇잎으로 나누었을 때, 나무뿌리에 해당하는 것은 큰 기준의 기본원칙에 해당하고, 줄기에 해당하는 게 파생되는 지식, 그리고 나뭇잎에 해당하는 게 그 다음에 이어지는 내용으로 이해할 수 있다.

다음은 어떤 질문자와 일론 머스크가 나눈 대화의 일부분이다.

질문자: 로켓 발사에 3번이나 실패했을 때 포기하고 싶지 않았나요?

일론 머스크: 절대요. 전 절대 포기하지 않습니다.

이 글을 읽고 있는 당신에게 꼭 말해주고 싶다.

여러분이 학생이든, 직장인이든, 주부이든, 남자든, 여자든 여러분 인생을 절대 포기하지 말아라. 포기하지 않는다면 여러분 인생에 축복의 꽃은 반드시 찾아올 것이다!

여러분의 인생을 축복한다.

04

이병철 회장이 살아생전 극찬한 책

내가 마음에 들지 않으면 쓰지 말 것이며,
내가 마음에 들어 쓴 사람은 끝까지 믿고 밀어줘라.

이병철

이병철 회장은 삼성그룹의 창업주이다. 그는 4남매 중 막내로 경상남도 의령에서 태어났다. 이병철 회장은 살아생전 세계 일류를 강조했다. 이를 위해 그는 매일 정확한 삶의 패턴을 유지했다. 새벽 6시에 기상하여 출근 준비를 했다. 8시 출근 할 때는 머리부터 발끝까지 완벽한 모습으로 출근했다. 그리고 그는 매사 꼼꼼하게 기록하는 습관을 가지고 있었다. 이런 그의 생활 모습은 삼성의 문화와 철학으로 자리 잡았다.

지기 싫어 시작하게 된 이병철식 공부

이병철은 7살 무렵 서당에서 글공부를 시작했다. 그가 태어난 곳은 시골이라 교육을 받을 수 있는 곳이 없었다. 그는 서당에 가는 것을 반겨하지 않았다. 오히려 서당보다는 시장 구경을 하고 싶어 했다. 서당에 가서도 집중을 하지 못했던 그는 서당의 훈장님으로부터 꾸중을 들어야 했다. 왜냐하면 그 당시 이병철은 부잣집 아들이며, 서당이 그의 할아버지가 지은 것이었기 때문이다. 같이 교육 받던 주변 친구들은 야단맞는 이병철을 놀렸다. 자존심이 강했던 이병철은 오기가 발동하여, 그동안 미뤘던 천자문을 단숨에 외웠다.

그가 13살이 되던 해에 진주에 있는 지수보통학교에 3학년으로 편입했다. 하지만 이병철은 진주에서의 생활에 만족하지 못했다. 그는 부모님을 설득하여 서울의 수송보통학교 3학년으로 편입했다. 서울에서의 생활은 순탄치 않았다. 또래 학년보다 나이가 많은 이병철 회장은 주변의 놀림을 받았다. 이러한 놀림에 가만히 있을 수 없었던 이병철은 고민 끝에 속성과라는 것을 알게 되었다. 중동중학교 속성과에 들어간 이병철은 또래 친구들을 따라잡기 위해 모든 힘을 집중하여 공부했다.

그 결과 5, 6학년 과정을 단번에 마쳐 다음 해에 중동중학교 본과에 입학했다. 본과에 입학하여 학생이 되었지만 공부에 흥미를 잃어갔다. 말이 중학생이지 사실상 그는 성인에 가까운 나이였다. 그리고 학교를 다니던 도중 결혼까지 하게 되었다. 공부에 흥미를 잃은 이병철 회장에게 졸업장은 그저 종이에 불과했다. 그는 졸업 대신 또 다른 꿈을 꾸기 시작했다. 그리고 그는 일본으로 건너간다. 그리고 일본의 와세다 대학에 들어갔다. 하지만 그는 각기병에 걸려 학위를 마치지 못하고 중퇴하여 다시 한국으로 돌아오게 되었다.

이병철 회장과 독서 그리고 논어

이병철 회장이 졸업학위는 받지 못했지만, 와세다 대학 시절만큼은 책을 가까이 하고, 학구열도 높았다. 윤휘종·양형욱 저자의 『도전하는 이병철 창조하는 이건희』에는 다음과 같은 내용이 나온다.

"이듬해인 1930년 4월, 호암은 와세대 대학 전문부 정경과에 입학해 공부에 재미를 붙이기 시작했다. 강의에 빠짐없이 참석했고 그 당시에 호암은 마르크스나 엥겔스의 문헌도 독파했다. 호암 역시 당시를 난생 처음으로 진지하게 책과 사귀고 사색에 잠겼던 시기라고 기억했다."

그는 제대로 된 학위를 받지는 못했다. 경영에 대한 교육을 받지도 못했다. 그런 그가 지금의 삼성그룹을 창업할 수 있었던 배경에는 '독서'가 있다. 그는 어린 시절부터 책 읽기를 즐겼다. 특히 그의 인생에 영향을 준책을 꼽자면 『논어』이다. 그가 어린 시절 가기 싫었던 서당이 그에게 허송세월을 보낸 것만은 아니었다. 서당에서 5년 간 교육받으며 『논어』를 배울 수 있었다. 그 당시에는 한문을 읽고 해석했다. 지금도 읽기 어려운 한문을 직접 배웠으니, 그의 학문은 높았다고 할 수 있다. 비록 졸업장은 없었지만, 세상살이에 대한 깊이는 어린 시절 배웠던 『논어』를 통해 깊었을 것이다. 동양의 최고 인문고전이라 불리는 『논어』까지 익혔으니, 그의 학문적 소양은 출중했을 것이다.

논어와 삼성

이병철 회장은 자신이 기업을 운영하지만, 경영에 관한 책에는 큰 관심이 없었다. 오히려 인간의 마음가짐에 관심을 가졌다. 이러한 그의 철학은 『논어』의 영향을 받았으며, 현재 삼성 그룹이 운영되기까지 많은 영향을 주었다.

그의 철학이 반영된 것을 몇 가지 소개하면 아래와 같다.

첫째, 직접 쓴 붓글씨를 사장단에게 주다.

이병철 회장은 살아생전 서예에도 조예가 깊었다. 어린 시절 서당을 다니며, 한문 공부를 하며 익힌 『논어』의 영향을 받았다. 그는 서예를 자신을 다스리는 하나의 도구로 사용했다. 그가 붓글씨로 주로 쓰는 내용은 단연 『논어』였다고 한다. 또한, 삼성의 사장들이 휘호를 요청할 때면 그 회사에 맞는 글귀를 쓰기도 했다.

둘째, 인재를 채용할 때 영향을 주었다.

이병철 회장은 생전 기업을 운영할 때 인문적 지식이 중요하다는 말을 했다. 이것은 이병철 회장이 신입사원을 채용할 때에도 마찬가지였다. 그는 신입사원 면접에 참석하여 네 가지 요소를 중점으로 판단했다. 용모, 몸가짐, 생각, 말투 등 이다. 그래서 그가 신입사원 면접에 참석해서는 말을 많이 하지 않고, 면접자의 얼굴만 바라봤다고 한다. 왜냐하면 이병철 회장은 사람을 볼 때 말투나 행동거지를 중요하게 생각했다. 인재 제일의 경영을 우선시했기 때문이다.

셋째, 살아생전 생각과 생활에 영향을 주었다.

이병철 회장은 살아생전 『논어』에 관하여 극찬을 했다. 그의 저서인 『호암자전』에서도 『논어』에 관한 내용이 나온다.

그는 『논어』에 대해, “가장 감명 받은 책으로 좌우에 두는 책을 『논어』" 라고 했고, "『논어』야 말로 인간이 사회인으로 살아가는데 불가결한 마음가짐을 알려 준다"고 하였다. 또한 자신의 생각과 생활이 『논어』의 테두리에서 벗어나지 못해도 만족한다 할 정도로 그의 삶에 영향을 주었다.

이병철 회장은 미래를 바라보며 삼성의 안정을 기원했을 것이다. 모두의 반대를 무릎 쓰고 반도체 등 첨단산업에 뛰어들었다. 만약 그 당시 이병철 회장의 판단이 없었다면 지금의 삼성은 위기에 처했을 것이다. 이러한 판단을 할 수 있었던 것은 그가 어린 시절 가기 싫었던 서당에서 배운 인문고전의 역할이 컸을 것이라 생각한다. 비록 제대로 된 학위 없이 중퇴하였지만, 그가 어린 시절 읽었던 각종 책은 사업을 운영하면서 빛을 보았을 것이다.

논어는 다음과 같이 말했다.

> "알고 있는 것이 아무리 많다 할지라도 그것을 실천하지 않으면 모르는 것만 못하다. 서로 친하다고 하여도 믿지 않으면 친하지 않은 것만 못하다. 이처럼 실천과 믿음은 중요한 것이다."

여러분도 꼭 책을 읽고 실천하여 인생의 변화와 성장을 이루길 바란다.

05

워런 버핏, 그가 투자의 귀재가 될 수 있었던 이유

읽고, 읽고, 또 읽어라.

워런 버핏

워런 버핏은 20세기 최고의 투자가로 이름이 알려져 있다. 한국에서는 '오바마의 현인'으로 유명하다. 그는 현재 버크셔 해서웨이의 CEO 이다. 2012년에는 미국 타임지가 선정한 세계에서 가장 영향력 있는 100인에 들었다. 이런 버핏의 유명세 때문인지, 각 나라별 투자를 잘하는 사람에게는 '워런 버핏'이라는 수식어가 붙는다. 이에 뒤질세라 그와 관련된 투자비법은 너도 나도 알고 싶어 한다. 하지만 안타까운 사실이 있다. 그 투자 비법이 탄생할 수 있게 된 본질에 관하여서는 관심이 비교적 적다는 사실이다. 그가 현재의 자리에 오르게 된 결정적 배경에는 '책'이 있었다.

워런 버핏의 어린 시절

어린 시절 워런 버핏은 아버지의 영향을 많이 받았다. 워런 버핏은 사업가 가문 출신에서 자랐다. 그는 어린 시절 경제 공황을 겪었다. 그의 아버지는 증권중개회사를 차렸다. 이때부터 워런 버핏은 투자의 세계에 발을 들였다. 시간이 생길 때면 아버지 회사에 드나들며 조금씩 일을 익힐 수 있었다. 어린 시절부터 워런 버핏은 남들과 다르게 2가지에 대해 관심이 많았다. 그것은 '숫자와 돈벌이'였다.

먼저 숫자 이야기부터 해보자. 그는 다섯 살 때부터 숫자에 관심을 가졌다. 교회에서는 찬송가에 적힌 작곡가의 출생 연도와 사망 연도를 읽고 생존기간을 계산했다. 고모가 사준 스탑 워치로 욕조에 구슬을 떨어뜨렸을 때 배수구 마개 부분에 도달하는 시간을 측정하는 등 숫자에 관련된 관심을 보였다.

워런 버핏은 어린 시절부터 돈 벌이에도 무척이나 관심이 많았다. 그가 어린 시절 했던 돈 벌이는 다음과 같다. 코카콜라 한 병당 5센트에 팔기, 팝콘과 땅콩 팔기, 껌 팔기, 잃어버린 골프공 주워 다시 팔기, 폐지와 신문팔기, 신문 배달원, 달력 팔기 등이다.

14세의 나이에 무려 1,200달러를 모아 브래스카주에 위치한 농장을 16헥타르를 구입했다. 그는 자신이 번 돈으로 사업도 시작했다. 그의 친구 도널드 댄리와 함께 중고 핀 볼 머신을 구매하여 이발소에 설치했다. 이발소에서 발생하는 이익은 이발사와 절반씩 나눠가졌다. 이러한 각종 돈벌이로 그는 15세의 2,000달러를 벌 수 있었고, 고등학교를 졸업하는 해에는 9,000달러를 벌었다.

워런 버핏은 11살의 나이에 주식을 시작했다. 그리고 그가 다녔던 우드로윌슨고등학교 연보에 실린 버핏의 사진 밑에는 장래의 직업이 적혀 있었다. 그것은 '주식중개인'이었다.

인생에 영향을 준 도서①

워런 버핏의 지금의 인생을 만들어 준 것에는 2가지가 있다. 그것은 '책'과 '사람'이다. 워런 버핏이 20세가 되는 시점에 그의 인생을 바꿔 놓은 책이 있었다. 그것은 벤저민 그레이엄의 『현명한 투자자』이다. 이 책을 만나기 전까지만 해도 워런 버핏은 실질적인 돈 벌이에 도움이 되지 않고 이론만 가르치는 이유로 대학 진학을 거부했다고 한다. 그가 돈벌이에 얼마나 집중하고 관심을 가졌는지 알 수 있다. 하지만 이러한 생각의 틀을 깨뜨린 사건이 바로 벤저민 그레이엄의 『현명한 투자자』이다.

워런 버핏은 책의 저자인 벤저민 그레이엄을 만나 직접 강의를 듣기 위해 컬럼비아대학교 경영대학원에 진학했다. 그곳에서 워런 버핏은 투자에 필요한 이론과 실무를 모두 전수받았다. 그리고 투자조합을 설립하여 실질적인 투자를 시작했다. 그는 그레이엄을 만나기 전까지는 단순히 돈 벌이에 집중했다면, 그레이엄을 만난 이후에는 비로소 진정한 투자가의 길을 걷게 되었다. 그가 그레이엄을 통해 배운 것은 2가지다. 하나는 투자를 큰 그림으로 바라보는 관점이고, 다른 하나는 수익성 있는 사업을 바라보는 것이다. 그는 그레이엄의 가르침을 계기로 주식 자체에 집중하기 보다는 그 주식의 실제 사업에 전망하는 눈을 가지게 되었다.

인생에 영향을 준 도서②

그에게 또 한 번의 영향을 준 책이 있다. 그가 30살 될 무렵 읽었던 필립 피셔의 『위대한 기업에 투자하라』이다. 그레이엄이 재무제표를 분석하여 기업의 내재가치에 집중한 것과는 달리, 필립 피셔는 직접 발품을 팔아 기업에 관한 자세한 내용과 사실적 내용을 직접 수집하고 비교했다. 필립 피셔는 서류에 적혀있는 내용을 통해서가 아닌, 그 사업 자체에 대해 확인 할 것을 주장했다. 쉽게 말하자면, 그레이엄에게서 이론적인 투자개념에 대해 배웠다면, 피셔를 통해서는 실제적인 투자 실천에 대해 배웠다고 할 수 있다.

그래서 워런 버핏은 자신에 관하여 다음과 같이 말했다.

"나는 85퍼센트의 그레이엄과 15퍼센트의 필립 피셔로 이루어졌다." 라고 말이다.

워런 버핏의 현재 모습이 될 수 있었던 만남

다음으로 워런 버핏에게 영향을 준 인물이 있다. 그는 찰리 멍거다. 워런 버핏은 찰리 멍거라는 인물을 통해 그의 투자관을 완전히 바꿨다. 찰리 멍거는 그가 29살인 1959년에 데이비스 박사라는 사람을 통해 알게 되었다.

찰리 멍거 라는 인물을 만나기 전까지는, 저평가된 종목을 찾아 투자하였다. 하지만 찰리 멍거를 통해 '우량기업투자' 라는 새로운 투자 철학을 접하게 된다. 즉, 기존에는 저평가된 종목을 찾기 위해 가격에 연연했다면, 우량기업에 투자할 경우 가격에 연연하지 않을 수 있다는 것을 깨달았다. 결국 그는 찰리 멍거에 의해 투자 철학이 저렴하지만 저평가된 종목을 사는 것보다 고가이지만 우량 기업을 매수하는 게 더욱 좋다는 사실을 깨닫게 되었다. 쉽게 말하면, 이제 시작하는 벤처기업 보다는 전 세계에서 이미 유명한 코카콜라, 펩시 등의 우량기업의 주식을 사는 것이다. 그는 이를 계기로 가격에 집중하지 않고, 기업의 수익성에 집중하게 되었다.

워런 버핏의 인생에 또 다른 영향을 준 인물이 있다. 그는 마이크로소프트의 창업자인 빌 게이츠이다. 워런 버핏은 빌 게이츠를 통해 돈을 쓰는 법에 배웠다. 빌 게이츠는 이미 많은 재산을 축적하였고, 사회에 환원하는 데 집중하고 있었다. 워런 버핏도 빌 게이츠의 그런 점을 눈여겨 본 것이다. 워런 버핏도 자신의 재산을 기부하겠다고 발표했다. 그리고 재산의 대부분을 빌 게이츠가 운영하는 재단에 기부했다.

워런 버핏에 관하여 소개하자면 사실 한 권의 책에 담아도 부족할 것이다. 하지만, 그의 인생에 있어 책이 어느 정도의 영향을 주었는지는 아마 이해할 거라 생각한다. 워런 버핏에 관하여서는 현재도 하루의 일과 중 독서가 많은 시간을 차지한다고 한다.

워런 버핏에 관하여 요약하자면 다음과 같다.

그레이엄의 책을 만나 그에게 직접 배움을 얻었다. 그를 통해 돈 벌이가 아닌 투자가로서의 철학을 배워, 저평가된 기업에 투자하는 법을 배웠고, 필립 피셔의 책을 통해 기업에 대한 실제 가치에 대해 배웠고, 찰리 멍거에 의해 우량 기업에 투자하는 법을 배울 수 있었다.

이렇게 책은 한 사람의 인생에 엄청난 영향을 주었고, '세계 최고의 투자가'라는 수식어를 붙일 수 있도록 만들어 주었다. 이 책에서 말하고 싶은 것은 워런 버핏과 같이 주식을 투자하라는 말이 아니다. 여러분의 인생에 도움이 될 책을 만나 자신의 인생을 멋지게 변화시키고 성장시키길 바라는 마음이다. 그것이 워런 버핏과 같은 투자와 관련된 책이 될 수도 있을 것이다.

06

성공의 시작이 되는 생각습관

노력을 중단하는 것보다 더 위험한 일은 없다. 그것은 습관을 잃는 것이다.
좋은 습관을 버리기는 쉽지만, 다시 길들이기는 어려운 일이다.

빅토르 위고

전 세계적으로 최정상에 오른 사람들에게는 한 가지 공통점이 있다. 그것은 하루 시작에 있다. 그들의 하루는 일반 사람과는 다르다. 그것은 바로 '명상'이다.

애플의 창업주인 스티브 잡스, 미국 토크쇼의 여왕 오프라 윈프리, 농구 황제 마이클 조던 등 세계적으로 유명한 사람들은 명상을 통해 지금의 자리에 오를 수 있었다고 한다. 또한 영화《마스크》의 주인공 짐 캐리는 한때 심한 우울증과 약물복용으로 고생했다고 한다. 그는 약의 한계와 부작용을 깨닫고 명상을 시작했다. 명상을 통해 자신을 괴롭히던 우울증을 극복할 수 있었다.

명상이 주는 고요한 향기

내가 새벽잠을 멀리하고 일찍 일어나며 새벽 습관을 만든 시절, 처음에는 아침에 일어나는 것조차 버거웠다. 시간이 흐르고 계속된 시도로 새벽에 일어나는 일은 점점 익숙해졌다. 새벽에 일찍 일어나 맑은 공기를 마시고, 떠오르는 해를 볼 때면 감탄을 하곤 했다. 하지만 그렇지 않은 날도 있었다. 아침에 일어나면 마음이 복잡하고, 미래에 대한 고민으로 생각에 잠기는 경우도 있었다. 그럴 때마다 '명상'을 했다. 나는 조용히 눈을 감고 자리에 앉았다. 호흡을 차분히 가다듬고, 눈을 감고 마음을 집중하다보면, 창밖에서 듣지 못했던 소리가 들린다. 특히 창밖에서 들리는 참새, 까치, 바람소리 등 자연의 은은한 소리가 들려온다. 이러한 소리를 듣고 다시 호흡에 집중하다보면 정신이 맑아진다.

기상 후 느꼈던 복잡하고, 불안했던 감정들은 눈 녹듯 사라졌다. 명상은 나의 하루를 맑게 해주는 원동력이 되었다. 명상은 누구나 부담 없이 할 수 있으며, 그 효과는 크다. 특히, 직장인에게 많은 도움을 준다고 생각한다.

명상의 효과는 아래와 같다.

1. 잡념을 없앨 수 있다.
2. 스트레스를 줄인다.

3. 마음속 에너지를 키운다.

첫째, 잡념을 없앨 수 있다.

우리는 많은 관계, 다양한 역할 속에 살고 있다. 회사에서는 직장인으로, 퇴근 후에는 한 가정의 가장으로, 한 자녀의 부모 등으로 많은 역할을 한다. 그러한 과정 속에서 진정 나를 돌아보는 시간이 줄어든다. 우리의 마음속에는 알게 모르게 좋지 않은 씨앗들이 심어질 수 있다. 그러니 아침에 자신의 내면을 들여다보자. 마음속 좋지 않은 씨앗과 잔해를 덜어 낼 수 있다.

둘째, 스트레스를 줄인다.

직장생활을 하다보면 공통적으로 느끼는 사항이 있다. 회사 안과 밖에서 스트레스를 달고 산다. 이 스트레스 때문에 사무실 안에서는 풀지 못한 한을 풀듯 한숨을 내쉰다. 사무실 밖에서는 나의 건강한 몸을 내려놓기로 한 듯 술과 담배로 스트레스를 푼다. 이러한 스트레스는 내 몸에 침투하여 건강을 악화시키고, 가정을 위협하는 요소가 될 수 있다.

하지만 아침에 고요한 시간 속에 눈을 감고 머릿속에 깨끗한 공기를 선물해보자. 지금 보이지 않는 걱정, 고민, 스트레스는 눈 녹듯 사라질 것이다. 사라진 공간에는 생산적이고 창의적인 생각이 새싹같이 조금씩 자랄 것이다.

셋째, 마음속 에너지를 키운다.

하루의 시작을 알리는 아침에 명상을 하는 중요한 이유 중 하나이다. 우리가 눈을 통해 보는 세상은 결국 마음속에 있는 내면의 힘이 외부로 표현된 것뿐이다. 우리가 매일 바라보는 휴대폰, 컴퓨터, 책 등은 모두 누군가의 마음과 생각 속에서 탄생한 것이다. 우리 가슴속 깊이 위치한 마음속에, 긍정의 씨앗을 심고 싹을 틔워 튼튼한 마음을 선물하자.

성공한 사람들의 아침 루틴

팀 페리스의 『타이탄의 도구들』에는 승리하는 아침을 만드는 5가지 의식이 나온다. 책에는 하루의 첫 60분이 얼마나 중요한지 목소리 높여 강조한다. 이 시간이 그 후의 12시간 이상을 결정한다고 한다. 그것은 다음과 같다.

1. 잠자리를 정리하라. (3분)
2. 명상하라. (10~20분)
3. 한 동작을 5~10회 반복하라. (1분)
4. 차를 마셔라. (2~3분)
5. 아침 일기를 써라. (5~10분)

첫째, 잠자리를 정리하라. (3분)

책에는 매일 아침 잠자리 정리라는 과업을 함으로써, 성취감을 느낄 수 있고 자존감으로 이어진다고 말한다. 잠자리 정리는 호텔 수준이 아니더라도 시각적으로 깔끔하게 정리하면 된다. 약 3분만 투자하자.

둘째, 명상하라. (10~20분)

타이탄들 중, 즉 성공한 사람들의 80퍼센트 이상이 매일 아침 어떤 식으로든 '마음 챙김'수련을 한다고 한다. 그들은 현재 상황을 직시하고, 작은 일에 과민반응 하지 않고, 침착함을 유지하는 데 도움이 된다.

셋째, 한 동작을 5~10회 반복하라. (1분)

책에서는 아침에 일어나 하는 5~10회의 반복 동작은, 잠을 깨기 위한 것이라 소개한다. 단 30초만이라도 몸을 움직여 잠을 깨우면 기분에 영향을 주고 산란했던 정신도 가라앉는다.

넷째, 차를 마셔라. (2~3분)

아침에 마시는 차는 인지능력 개선과 지방 분해에 탁월한 효과가 있다.

다섯째, 아침 일기를 써라. (5~10분)

일기는 활기찬 하루의 시작을 위해 효과적이며, 5가지(아침 3가지, 밤 2가지) 내용을 소개 한다.

아침: ①내가 감사하게 여기는 것들 ②오늘을 기분 좋게 만드는 것은? ③오늘의 다짐

밤: ①오늘 있었던 굉장한 일 3가지 ②오늘을 어떻게 더 좋은 날로 만들었나?

오늘부터 위의 5가지 중 몇 가지나 해당되는지 스스로 체크해 보자. 나는 위의 5가지 중 한 가지라도 여러분이 생각하고 실천하여 자신만의 습관으로 만들었으면 싶다. 왜냐하면 당신은 성공자의 길로 들어서는 관문에 들어섰기 때문이다.

새벽을 여는 아침에 이불속에서 나오는 일은 누구에게나 힘들다. 이러한 상황 속에서 누군가는 아침 일찍 일어나 하루를 준비하고, 누군가는 여전히 꿈속을 해매고 있을 것이다. 아침에 일어나 잠시 눈을 감고 호흡을 가다듬고, 생각을 정리하는 시간을 가져보자.

07

성공한 부자들의 공통점

우리가 좋은 책을 처음 읽을 때 좋은 친구를 찾은 것과 같으며,
그 책을 다시 읽을 때는 옛 친구를 다시 만나는 것과 같다.

볼테르

많은 사람들이 성공에 대해 말하고, 성공을 꿈꾼다. 성공을 위해서 우리가 할 일은 간단하다. 성공할 수밖에 없는 환경을 만들면 된다. 한 가지 명심해야 할 사항이 있다. 여기서 말하는 환경이란 부모가 물려주는 자산이나 우연히 당첨된 로또 같은 것을 말하는 게 아니다. 쉽게 말하자면, 자수성가형 성공을 말한다. 그렇다면 주변의 재산과 조력자 없이 성공할 수 있는 비결이 무엇인지 생각해보자. 성공한 사람들은 자신들이 성공할 수 있었던 비밀 속에는 '책 읽기' 가 있다고 말한다. 즉, '독서하는 습관'이다.

성공한 부자들의 일반적인 특징

김승호 작가의 『생각의 비밀』에서 성공한 부자들의 습관에 관하여 다음과 같이 말한다.

> 성공한 사람들의 가장 일반적 습관은 독서다. 무려 88% 이상이 하루에 30분 이상의 독서를 즐긴다. 반면 가난한 사람들은 2%만이 독서를 즐긴다. 장거리 비행 시에 일반석 승객들은 대부분 영화를 즐기지만 비즈니스 석 승객들은 일을 하거나 두툼한 책을 읽는다.

성공한 사람들은 항상 책을 가까이에 둔다. 간혹 한 권의 책을 다 읽고 나면 문득 두려움이 올 때가 있다. 내가 아직까지 이런 걸 모르고 살았다는 두려움이다. 이 세상에 얼마나 고수들이 많은가, 하는 자각에 대한 공포심이기도 하다. 이런 지식과 지혜 없이 살아남은 것이 행운이라는 생각이 들 정도이니 도저히 배우기를 멈출 수 없다. 책이 손에서 떠날 수 없는 이유다.

또한, 책을 통해 알게 된 성공한 사람들의 특징은 아래와 같다.

> 1. 구체적인 목표를 설정하는 것(80% 대 12%)과 목표 자체를 기록하는 비율도 67% 대 17%로 네 배의 차이를 보인다.

2. 아침 시간을 효율적으로 보낸다. 기상시간은 출근 3시간 전에 일어나는 비율이 3.5배 높다.
3. 부채에 대한 인식이 다르다. 1% 은행이자 차이, 0.25%의 중앙은행 금리 변동이 주는 영향에 대해 즉각적으로 강한 반응을 보이고 부채에 대해 대책을 마련 한다.
4. 문제를 보는 방식에서 최초 보고에 대한 객관적 기준을 갖기 위해 노력한다. 최초 보고에 의거하여 상황을 판단해나가는데, 최초 보고가 편향되었거나 다른 목적을 위해 왜곡되었다면 모든 판단은 처음부터 잘못되기 때문이다.
5. 사물의 부정적인 측면보다 긍정적 측면에 관심이 많다. 바보같은 아이디어에도 관심을 보이고 사고가 발생하면 사고 이면에 어떤 좋은 점이 있을지 찾아본다. 쉽게 기가 죽지도 않으며 포기하지도 않는다.

직장인에게 필요한 일반적인 습관

나는 위의 말에 동의한다. 나 역시 독서를 통해 직장생활에서 오는 고단함을 극복할 수 있었다. 그래서 이 책을 읽는 독자 중 직장인이 있다면, 위기의 순간 꼭 독서를 추천하고 싶다.

그 이유는 다음과 같다.

1. 위기를 기회로 바꿀 수 있다.

2. 심적 위로를 받을 수 있다.

3. 인생의 지혜를 배울 수 있다.

첫째, 위기를 기회로 바꿀 수 있다.

직장생활을 하다보면 예기치 않게 위기가 찾아오고, 일상이 어려움인 시절이 온다. 이러한 시절 자칫하면 잘못된 생각으로 옳지 못한 행동을 할 수도 있다. 예를 들어 감정에 의해 충동적으로 '사직서'를 제출하는 경우이다. 우발적인 사직서 대신 위기가 찾아왔을 때 '누구나 겪는 문제라고 생각하자.' 위기를 통해 나를 한 단계 발전시키는 기회로 생각하자.

둘째, 심적 위로를 받을 수 있다.

직장생활을 하다보면 많은 어려움을 겪는다. 업무와 관련된 문제, 인간관계 문제, 상사와의 문제 등 이다. 이러한 경우 여러분은 어떻게 해결책을 찾는지 묻고 싶다. 술을 마시거나 운동을 하면서 스트레스를 푼다. 어떤 이들은 자기계발을 통해 스트레스를 풀기도 한다. 나는 업무와 사람과의 관계로 많은 스트레스를 받았던 적이 있었다. 타지에 나온 상황이라 주변에 지인이 많지 않았다. 어려운 상황을 극복하기 위한 방법을 고민했지만, 적절한 해답을 찾기 어려웠다. 우연의 일치였을까? 머리를 식히기 위해 잠간 들린 서점에서, 난 책을 통해 마음 속 위로를 받을 수 있었다. 이때의 경험으로 책은 내 인생의 조언자가 되고 있다.

셋째, 인생의 지혜를 배울 수 있다.

책 속에는 많은 사람들의 경험과 노하우가 담겨있다. 직장인이라면 많이 궁금해 할 시간관리, 업무 잘하는 방법, 인간관계 잘하는 방법, 말 잘하는 방법, 회사생활 잘하는 방법 등 이와 관련된 노하우가 담긴 다양한 책들이 있다. 그 밖에 직장인의 교양과 지식을 위한 인문고전, 생활상식, 자격증 공부 관련 서적, 언어 관련 서적 등 유익한 도서가 많다. 나는 책을 통해 힘든 시기를 극복했고 이로 인해, 조금이나마 지혜로워 질 수 있는 값진 경험을 했다.

성공한 기업인은 저마다의 어려움을 가지고 있다.

특히 기업의 최고 위치에 있는 CEO의 경우는 누군가의 조언을 받거나, 자문을 구하기는 어려운 상황에 있다. 일반 직원과 같이 업무를 위한 사수가 있는 것도 아니다. 하나하나 시행착오라는 단계를 직접 겪어야 알 수 있다. 이러한 이유 때문인지, 성공한 경영인들 중 독서를 하지 않는 사람은 없다 생각한다. 모두들 하나같이 한 손에는 책을 들고 있다. 책을 통해 지식을 배우고, 지혜를 겸비한다. 이러한 자세는 직장생활을 하는 우리에게도 필요하다.

08

하루 30분, 독서습관

습관은 나무껍질에 새겨놓은 문자 같아서
그 나무가 자라남에 따라 확대된다.

스마일즈

세상에는 습관과 관련된 정보가 많다. 각종 칼럼, 논문, 도서 등 습관과 관련된 연구도 많이 진행되었다. 다양한 연구 결과 중, '한 가지 습관을 만들기 위해서는 21일이 필요하다' 는 연구결과가 있다. 다른 연구에서는 습관을 만들기 위해 66일이 필요하다고 말하기도 한다. 사실 한 가지 습관을 완전히 몸에 베개하기란 쉽지 않다. 하지만 누구나 노력을 계속한다면 좋은 습관을 가질 수 있을 것이다.

사업부서로 부서를 이동하고 위기가 찾아왔다. 사업부서의 특성상 보고서를 기획하고, 출장 을 가야하는 경우가 많았다. 맡은 업무 중에는 지도자를 관리하는 업무가 있었다. 지도자는 새벽과 저녁 시간에 지역 주민들을 대상으로 체육 지도를 하고 있었다. 나는 관련 지도자가 해당 위치에서 정상적으로 근무를 하며 지도하는지 점검을 가야했다.

나는 점검을 위해 계획(안)을 기획하여 결재를 맡았다. 새벽 시간에 하는 프로그램은 최소 새벽 6시에 시작한다. 문제는 거리였다. 가까운 곳이라면 큰 문제가 될 게 없지만 거리가 먼 지역의 경우 2시간가량 가야하는 지역도 있었다. 이러한 지역으로 가기 위해서는 새벽에 일찍 일어나야 했다. 혹시라도 깊게 잠들면 깨어나지 못할 수도 있겠다는 걱정에 쪽잠을 잤다. 새벽 4시나 5시에 기상해 운전을 할 때면, 졸음이 몰려왔다. 나는 졸지 않기 위해 창문을 모두 개방하였다. 한 가지 다행인 점은 새벽 시간이라 차량이 많지 않았다는 것이다.

하지만 지속되는 새벽 출장과 저녁 출장은 나에게 심적인 부담감을 안겨 주었다. 출장을 가면서도 머릿속은 부정적인 생각으로 가득했다. 이러한 부정적인 생각이 직장생활에 좋지 않은 영향을 주었다. 또한 상사와 의견차이가 생겼다.

이러한 일들이 발생하자 나는 변화의 필요성을 느꼈다. 변화의 시작은 독서였다. 나는 주말에 서점에 갔다. 다양한 종류의 책들이 나의 눈을 사로잡았다. 책을 읽지 않아도, 책의 표지와 깔끔한 글씨를 보는 것만으로도 마음이 안정이 되는 느낌이 들었다. 그 중 한 가지 눈에 띄는 제목이 있었다.

하야마 아마리 작가의 『스물아홉 생일, 1년 후 죽기로 결심했다』이다. 이 책이 나의 눈에 들어온 이유는 제목에 있는 나이 때문이었다. 그 당시 나도 곧 30살을 앞에 두고 있었다. 직장일로 나의 마음은 부정적인 생각으로 가득했다. 업무에 대한 흥미는 잃어가고 상사와의 의견차이, 대인관계에서 오는 불편함으로 출근에 대한 거부감도 있었다. 이러한 상황 때문인지, 책의 제목을 보니 궁금증이 생겼다.

'무슨 일 때문에 꽃다운 나이에 죽음이라는 결심을 했을까?' 라는 생각이 들었다.

책의 내용을 간략히 소개하면 다음과 같다.

파견사원으로 일하던 주인공은 스물아홉 홀로 생일을 맞이한다. 그녀는 현실을 암흑과 같이 느끼고 있었다. 직장문제, 애인문제, 외모 콤플렉스 등 인생에 절망을 느끼고 있었다. 이러한 절망감은 그녀를 인생의 끝으로 몰며 위험한 생각까지 하게 만들었다. 그러던 중, 그녀는 우연히 텔레비전에서 라스베이거스를 보게 된다. 그리고 그녀는 1년 후 라스베이거스에서 자신의 인생을 걸기로 결정하는 내용이다.

그 책 덕분에 나는 직장에 대한 부정적인 생각들을 바꾸게 되었다. 책을 읽기 전에는 직장을 그만둘 생각도 했는데 책을 읽은 이후 그만두고 싶은 생각이 들 때면 스스로 생각했다.

'1년만 더 다녀보자. 1년 후에 그만두어도 늦지 않아.'

이러한 단순한 생각은 효과가 있었다. 어려운 일에 부딪쳐도 1년 후를 생각하며, 스스로를 다독였다.

독서를 통해 위기를 기회로 넘긴 셈이다. 위의 경험을 바탕으로 나는 지속적으로 책을 읽었다. 주말에는 꼭 서점에 가서 신간을 살피고, 읽고 싶은 책을 구매했다. 또한 마음이 심란하거나 머리가 복잡할 때는 책부터 펼쳤다.

출근 전 10분 동안 책을 읽거나 여의치 않으면 한 페이지라도 읽으려고 노력했다. 퇴근길에는 도서관에 들러 책을 읽기도 하였다. 10분만 읽어보려고 펼친 책은 30분이 될 때도 있었고, 1시간이 훌쩍 넘을 때도 있었다. 이렇게 책을 조금씩 읽으며 자연스럽게 직장생활 하는 동안 독서가 습관으로 자리 잡기 시작했다. 이러한 독서는 나의 일생이 되어가고 있다. 요즘은 하루에도 책을 읽지 않으면 어딘가 허전함마저 든다.

시간이 흐르며 독서는 일상이 되었고, 습관으로 자리 잡혔다. 독서가 습관이 되기까지 경험은 아래와 같다.

1. 하루 최소 30분에서 1시간 책을 읽었다.

2. 3개월 간 지속하자 일상이 되었다.

3. 책을 찾아보는 습관이 생겼다.

4. 틈틈이 책을 읽게 되었다.

첫째, 하루 최소 30분에서 1시간 책을 읽었다.

독서를 시작하고 습관이 되는 과정을 살펴보면, 하루에 약 1시간 정도는 책에 시간을 보냈다. 시간이 충분할 때는 1시간 동안 온전히 책을 읽었다. 때로는 1시간 이상이 될 때도 있었다. 시간이 부족할 때는 30분 내외로 읽었다.

둘째, 3개월이 지나자 책이 삶의 일상이 되었다.

3개월 정도 독서를 꾸준히 하게 되자, 책을 점점 더 읽게 되었다. 말 그대로 책은 나의 일상이 되어 하루에 무슨 일이 있어도 책은 꼭 읽게 되었다.

셋째, 책을 찾아보는 습관이 생겼다.

시간이 날 때마다 인터넷으로 책을 살펴보게 되었다. 신간과 내가 관심 있는 분야의 책을 검색했다.

다섯째, 틈틈이 책을 읽게 된다.

시간이 날 때면 틈틈이 책을 읽게 된다. 출근하기 전에 읽고,

식사 시간 이후에 책을 읽고 퇴근 후에 책을 읽고, 잠들기 전에 한 줄이라도 읽었다.

직장인이거나 공직에 합격하게 되면, 수습기간이라는 과정을 거친다. 보통 3개월 이내 또는 그 이상 수습기간을 가진다. 수습기간을 통해 그 조직에 대해 이해하게 되고, 조직의 문화를 익히게 된다. 더 관심을 가진다면 남들보다 많은 업무를 익힐 수도 있는 기간이다. 이 기간을 참고 이겨내면, 정식으로 인정을 받게 되어 조직의 일원이 되는 열매를 맛볼 수 있다. 하지만 이 기간을 참아내지 못한다면 힘겹게 쌓아온 탑이 무너지듯 우리는 또 다시 새로운 일을 찾아야 한다.

이것은 우리가 하나의 습관을 만들 때도 비슷하다. 우리가 하나의 습관을 완성하기까지 하나의 과정을 거쳐야 한다. 그 과정을 거쳐야 습관이라는 결실을 맺을 수 있다. 오늘부터 딱 3개월만 책과 함께 하자. 여러분은 지혜라는 열매를 수확할 수 있을 것이다.

유명인사의 성공 비결 - 독서

(1) 빌게이츠

- 미국의 마이크로소프트사 창업주
- 하버드 대학교 입학 후 중퇴하였다
- 어린 시절부터 하루의 대부분을 도서관에서 보냈을 정도로 독서를 가까이 했다
- 1년에 2회 일주일간 생각주간을 가지며, 책, 논문, 보고서 등의 자료를 읽는다

(2) 손정의

- 일본의 소프트뱅크 창업주
- 미국 유학기간 동안 목숨 걸고 공부했을 정도로 학구열이 높았다
- 5분간의 생각 법칙으로, 강제 조합법을 실천하며 '음성 자동번역기' 등을 발명했다
- 유학을 마치고 일본에서 병상에서 수천 권의 책을 읽을 정도로 독서광이다.

(3) 일론 머스크

- 테슬라, 스페이스X, 뉴럴링크 등의 회장
- 영화 아이언맨의 주인공 '토니 스타크'의 현실 롤모델이다
- 어린 시절부터 프로그래밍을 독학하여, 상업용 프로그래밍을 만들어 팔기도 했다
- TED 강연에서 자신의 성공 비결을, 물리학과 제1원리 사고법이라 말했다

(4) 이병철

- 삼성그룹의 창업주
- 새벽 6시 기상, 8시 출근 할 때는 완벽한 모습, 매사 기록하는 등의 습관을 가지고 있다
- 인간의 마음가짐을 중요시 했으며, 많은 책 중에서 『논어』에서 깊은 영향을 받아 자신의 생각과 생활에 많은 영향이 있었다고 한다

(5) 워런 버핏

- 버크셔 해서웨이의 회장
- 벤저민 그레이엄의 『현명한 투자자』와 필립피셔의 『위대한 기업에 투자하라』를 읽었으며, 벤저민 그레이엄에게는 이론적인 투자개념을 필립피셔에게는 실제적인 투자 실천을 배웠다
- 찰리 멍거를 통해 '우량기업투자'라는 투자 철학을 깨닫는다

(6) 기상직후, 성공한 사람들이 실천하는 생각습관

- 잠자리를 정리한다(3분)
- 명상한다(10~20분)
- 차를 마신다(2분~3분)
- 아침 일기를 쓴다(5분~10분)

(7) 성공한 부자들의 공통적인 습관

- 책을 가까이 하고, 하루 30분 이상의 독서하는 습관이 있다
- 구체적인 목표를 설정하고, 목표 자체를 기록 한다
- 기상시간은 출근 전 3시에 일어나는 비율이 높다
- 부채를 바라보는 인식이 다르며, 문제의 최초 보고에 대한 객관적 기준을 갖기 위해 노력 한다
- 사물의 부정적인 측면보다는 긍정적인 측면에 관심이 많다

PART 3

유명인사가 운동을 강조하는 이유

01

이건희 회장이 외로움을 달랠 수 있었던 비결

마누라와 자식 빼고 다 바꿔라.

이건희

이건희 회장은 삼성전자의 전 회장이자 삼성그룹의 창업주인 이병철 회장의 셋째 아들이다. 이건희 회장의 학창시절은 말수가 적고 조용한 성격이었다. 그는 외로운 환경에서 자랐다. 부친은 기업경영 때문에 자주 보지 못했다. 잠시나마 가족과 재회하였지만 한국전쟁으로 그마저도 어렵게 되었다. 그가 25살이 되던 해에는 미국에서 유학을 마치고 한국으로 돌아온 때였다. 그는 고독함을 달래기 위해 진돗개에 푹 빠졌다. 그러다 보니 '진돗개애호협회'까지 만들며 진돗개 사랑을 이어갔다.

이건희 회장은 평소 사색을 많이 했다. 무엇인가 한번 관심을 가지면 끝장을 봐야하는 성격의 소유자였다. 요즘말로 '마니아'

이다. 그의 관심 대상은 영화, 동물, 자동차, 반도체, TV 등 넓고 깊었다.

그는 조용한 성격이었지만 한번 말을 시작하면 논리적으로 열변을 하여 주변에서 반박하기가 어려울 정도였다. 이건희 회장은 부친으로부터 2가지를 선물 받았다. 그것은 경청이라 적힌 휘호와 목계이다. 이를 계기로 이건희 회장은 경영을 할 때 남의 말에 귀 기울이고, 자기 스스로를 경계할 수 있었다.

이건희 회장의 '신 경영' 선언

이건희 회장을 생각하면 떠오르는 문장이 있다.

그것은 바로 '마누라와 자식 빼고 다 바꾸라' 이다.

1993년 독일 프랑크푸르트에서 열린 임직원 회의에서 '신 경영'을 선언하며 말한 내용이다. 이건희 회장이 신 경영을 선포하게 된 배경에는 그가 느낀 '위기의식' 때문이었다. 이건희 회장이 위기의식을 느끼는 데에는 여러 가지 이유가 있었다. 그 중에는 '후쿠다 보고서'에 적힌 삼성전자의 문제점, 선진국 사이에서 삼성전자의 위상이 높지 않다는 점이었다. 특히 GE, 필립스, 소니 등의 해외 유명 제품들이 이목을 끄는 반면 삼성의 제품은 구석에 자리만 지키고 있을 뿐이었다. 또한 이건희 회장을 더욱 힘들게 한 사건이 터졌다. 이른바 '세탁기 사건'이었다.

사내 방송 팀이 촬영한 영상에는 세탁기 뚜껑 부분이 맞지 않아, 칼로 잘라서 조립하고 있는 내용을 보게 된 것이다. 내용을 본 직후, 이건희 회장은 비서실에 전화를 걸어 자신의 신 경영에 대해 녹음까지 하도록 지시했다.

이 시기를 기점으로 삼성에는 많은 변화가 나타났다. 제일 먼저 눈에 띄는 것은 이건희 회장이 직접 경영일선에 나타난 것이다. 4개월간 LA, 도쿄, 프랑크푸르트, 런던 등 삼성의 핵심 도시에서 임직원을 대상으로 '신 경영'에 대해 설명했다. 500억 원 상당의 제품을 불태우고 불량품이 나오는 즉시 멈추는 '라인스톱제'를 만들었다. 그리고 삼성 임직원의 인사 단행, 혁신적인 조직개편 등 정말 마누라와 자식만 빼고 모두 바꾸기 시작했다.

이러한 이건희 회장의 신 경영 덕분에 지금의 삼성은 그야말로 세계 초일류 기업으로 성장했다. 개혁을 위해 소니, 3M, 필립모리스, 제록스 등 세계 글로벌 기업을 벤치마킹했던 삼성에서, 일본 도요타, 소니 등의 기업들이 삼성을 배우기 위해 찾는 기업으로 위치가 바뀌었다.

2010년에는 미국 경제전문지 「포춘」에서 세계에서 가장 존경받는 기업 50곳에서 42위로 상승했고, 전자업체에서는 제너럴일

렉트릭에 이어 2위를 했고, 2012년에는 핸드폰 부분 세계 1위를 차지했다. 이건희 회장의 신 경영으로 삼성은 다시 태어났다.

그가 고독감과 외로움을 이겨낸 비결

이제 본론으로 넘어가자.

대한민국 사람이라면 이건희 회장의 이름을 한 번쯤은 들어 보았을 것이다. 그가 삼성의 회장이라는 것, 이병철 회장의 아들이라는 것, 이재용 회장의 아버지라는 것. 하지만 그가 학창 시절 레슬링부에 들어가 운동했다는 사실은 잘 알려있지 않다. 그는 레슬링에 빠져 있었다. 그 결과, 전국대회에서 입상까지 하는 쾌거를 이룰 수 있었다.

또한, 그가 레슬링에 얼마나 심취했는지는 그의 어머니가 학교 교장에게 찾아가 그를 레슬링부에서 제외시켜달라는 부탁까지 하였다. 그의 아버지인 이병철 회장도 그가 레슬링 하는 것을 좋아하지 않았다. 결국 그는 부모님의 반대에 부딪쳤고, 아버지의 권유로 다시 일본 유학길에 올랐다.

시간이 흘렀지만 그의 레슬링에 대한 애정은 회장이 된 이후에도 이어졌다. 학창 시절 레슬링 선수였던 그에게 레슬링은 여전히 마음속 한구석에 자리했다. 그의 각별한 애정은 레슬링 종목에 대한 육성으로 이어졌다. 그리고 그의 지원 아래 한국 레슬링 종목은 하계올림픽에서 우수한 성과를 달성 할 수 있었다.

또한 그가 국제올림픽위원회 위원으로 선출된 1996년 7월에는 비인기종목인 빙상 종목을 육성하기 위해 삼성그룹의 부사장에게 별도의 지시를 하였다. 빙상종목을 육성하는 이유에는 이건희 회장이 가지고 있는 특유의 통찰력이 있었다. 그리고 지난 2018년 대한민국은 동계올림픽을 평창에서 개최하였다. 이건희 회장은 이미 동계올림픽 유치를 예견하고 있었다. 한국이 평창올림픽을 유치할 수 있었던 데에는 이건희 회장의 역할이 컸을 것이다.

이건희 회장은 레슬링을 통해 삶의 큰 교훈을 배웠다.

김옥림 저자의 『이건희 그가 남긴 말』에는 다음과 같이 나온다.

첫째, 자신과의 싸움에서 이기는 마인드를 길러주었다.

둘째, 목표 설정에 대한 확고한 신념을 길러주었다.

셋째, 상대를 공략해 이기는 것이야 말로 진정한 승리라는 것을 깨달았다.

넷째, 레슬링의 룰을 통해 규칙과 원칙의 중요성을 알게 되었다.

레슬링은 이건희 회장이 삼성의 최고경영자로서, 성공한 인생으로 살게 했던 하나의 원동력이 되었다 해도 과언이 아닐 것이다.

나는 위의 가치에 깊이 공감한다. 어린 시절 부터 운동을 접한 나에게 이건희 회장이 느꼈던 감정들은 과거 나를 떠올리게 한다. 무술은 나를 단련시켜주면서 때로는 벗이 되어주기도 했다. 운동을 하면 지치고 힘든 순간이 누구에게나 찾아온다. 이 순간을 참아낼지 포기할지는 '한 순간'이다. 그 순간을 참아냈을 때는 또 다른 기쁨이 찾아온다. 이러한 순간들이 모여 끈기와 인내라는 새로운 능력이 주어지는 것 같다. 고통을 참아내는 과정 속에는 '지금 이 순간'이라는 느낌 외에는 떠오르지 않는다. 어쩌면 이건희 회장이 느꼈던 고독이라는 감정도 레슬링을 하는 순간 잊혀 졌으리라 생각한다.

운동을 한 문장으로 표현하면,
'자신과의 싸움'이라 표현하고 싶다.

운동만큼 자신과의 싸움이라는 표현이 어울리는 곳도 없는 것 같다. 왜냐하면 운동은 거짓말을 하지 않기 때문이다. 자신이 노력한 만큼 성과가 나오고, 꾸밈이 없고, 있는 그대로 표현되기 때문이다. 그리고 자신과의 싸움에서 이긴다는 것은 내 인생을 주도하고 있다는 것이다.

02

정주영 회장이 행복의 조건으로 강조한 것

나는 어떤 일을 시작하든 '반드시 된다'는 확신 90%에 '되게끔 할 수 있다'는 자신감 10%로 완벽한 100%를 채우지, '안 될 수도 있다'는 회의나 불안은 단 1%도 끼워 넣지 않는다.

정주영

정주영 회장은 지금의 현대그룹을 창시한 인물이다. 그를 생각하면 떠오르는 단어가 있다. 그것은 실천, 의지, 불도저다.

조선소 건립, 고령교 복구공사, 현대중공업 26만 톤급 대형유조선의 도크 이동, 유엔군 묘지 조성 등이다. 보통 사람이라면 생각하기도 어려웠을 일들을 정주영은 그만의 카리스마로 돌파해왔다.

행동의 대가 정주영

정주영 회장이 지금의 현대그룹을 만들 수 있었던 배경에는 쌀

가게 점원으로 일한 경험 덕분이었다. 그 당시 쌀가게 주인은 그의 성실함과 신용에 반해 아들 대신 쌀가게를 맡기기 까지 했다. 쌀가게 주인의 딸은 그의 모습을 보고 특이한 사람이라 생각했다. 다른 사람은 일이 끝나면 담배를 피우며 놀았지만 그는 달랐다. 늘 책을 가까이 하는 모습을 보고 남다르게 생각했다. 쌀가게에서 자리를 잡았지만 그 당시 쌀 배급제로 인해 문을 닫아야 했다. 그리고 이어진 사업이 자동차 관련 사업이었다. 정확히 표현하자면 자동차 수리점이다. 그리고 우연히 건설업이 자동차 수리보다 단가가 높다는 것을 알고 곧바로 건설업으로 뛰어들었다.

그는 살아생전 행동에 대하여 강조했다. 그가 한 말 중에는 다음과 같이 명언이 있다.

"기업이란 현실이요, 행동함으로써 이루어지는 것."

소작농의 아들로 태어나 가난에서 탈출하기 위해 그가 시도한 것은 집 밖을 빠져나오는 것이었다. 몇 번의 가출은 실패로 끝났다. 하지만 농사로는 가난을 면치 못할 것을 깨달은 정주영 회장은 계속 가출을 시도했다. 아마 이때부터 그의 행동력이 빛났을 거라 생각한다.

그의 삶에 있어서 모든 것이 새로워지는 과정이었을 것이다. 그래서 그에게 있어 가장 중요한 덕목은 실천과 실행력이었을 것이다. 정주영 회장의 실천과 실행력은 현대그룹의 '정신'이다. 그는 항상 적극적인 의지와 강한 추진력을 요구했다.

그가 살아생전 했던 말 중에 그의 실천 의지를 알 수 있는 말이 있다.

"이봐, 해봤어?"

그는 업무지시를 할 때에도 항상 짧은 시간 내에 할 것을 요청했다. 모든 것을 단기간에 끝낼 수 있으면 좋다는 것이 그의 지론이다. 시간을 짧게 주고 바로 행동에 옮길 것을 원했다. 그리고 빨리한다는 것은 그만큼 모든 힘을 집중한다고 생각했다. 그래서 그는 항상 행동에 옮기기 전에 단순하고 간단하게 생각하고, 치밀하게 계산하여 신중하게 결정했다.

정주영 회장이 생각하는 행복

정주영 회장은 이 책에서 말하는 운동과 독서습관이 완벽하게 일치하는 사람 중 한 명이다.

정주영 회장의 '새벽 습관'은 유명한 일화이다. 그는 새벽 네 시경에 일어나 신문을 읽는 것으로 하루를 시작한다. 그리고 운동으로 몸을 풀고 출근한다. 이 두 문장만으로 이 책에서 말하고자 하는 것이 모두 담겨있다. 신문은 독서에 해당하고, 몸 풀기는 운동에 해당한다. 더욱 놀라운 것은 그는 소학교에 입학하기 전 지금의 인문고전이라 일컫는 『소학』, 『대학』, 『자치통감』, 『오언시』, 『칠언시』를 모두 배웠다.

정주영 회장은 살아생전 행복에 관하여 3가지를 언급했다.

1. 건강
2. 마음
3. 자기발전

첫째, 건강이다.

정주영 회장은 건강에 관하여 항상 강조했다. 그의 말에 의하면 죽지 않고 건강하게만 살아있어도 잠시의 시련은 있을 수 있어도, 완전한 실패는 없다고 말했다. 실패를 했다고 해도 건강하면 실패를 교훈 삼아 재기를 할 수 있기 때문이다. 하지만 몸이 건강하지 못하다면 할 수 없는 게 오히려 많다고 생각했다.

그는 이러한 건강에 관하여 일찍 깨닫고 운동을 실천했다. 그는 출근 전에는 테니스와 각종 운동으로 몸을 풀고 출근했다. 이유가 출근 후에는 일에 집중하느라 운동할 여유가 없기 때문이었다.

둘째, 담백하고 순수한 마음이다.

그는 자신보다 잘나고 앞서가는 사람이 있다면 축하와 격려를 할 수 있어야 한다고 생각했다. 다른 사람을 인정할 줄 아는 순수한 마음이 행복과 연결되기 때문이다. 또한 이러한 마음을 가진 사람은 자신보다 더 나은 자신이 되기 위해 배우고 발전할 마음을 갖춘다고 생각했다.

셋째, 자신을 발전시키기 위한 노력이다.

그는 학교를 졸업해도 주변에서 배울 수 있는 것이 많다고 생각했다. 학벌이 좋지 않아도 매일 공부하고 노력하는 사람이 시간이 흐를수록 더 행복한 삶을 누릴 수 있다고 생각했다.

정주영 회장은 내가 개인적으로 좋아하는 인물 중 한 명이다. 군대 시절, 그의 책을 읽고 나의 삶을 점차 변화시킬 수 있었다. 그리고 그의 정신을 통해 힘들고 어려운 훈련을 만날 때마다 정면 돌파하며 나 스스로를 다스릴 수 있었다. 그리고 그의 실천력을 보며 나 또한 할 수 있겠다는 강한 믿음을 가질 수 있었다.

정주영 회장은 운동과 독서를 하며 자신을 항상 발전시킨 인물이다. 내가 말하고자 하는 핵심을 직접 몸으로 보여준 인물 중 한 명이다. 나는 그를 직접 만나지는 못했지만 그의 책을 통해 새벽에 일어날 수 있었고, 나 스스로를 발전시키는 계기가 되었다.

03

해외 명문대학교에서 운동을 강조하는 이유

페어플레이 정신, 공동체 의식, 준법정신, 약자에 대한 배려, 책임감 등 지도자적 자질을 함양하는 데 있어 운동이 필수적이다.

『스포츠는 세상을 바꾸는 힘이다』 중에서

대한민국은 역사적으로 외세의 침략을 많이 받은 나라이다. 그로 인해 남과 북이 분단되는 결과를 맞았다. 분단은 대한민국에 많은 영향을 주었다. 일단 자원이 부족하다. 자원이 풍족한 북한과는 달리 우리나라는 석유 한 방울 나오지 않는 그야말로 황무지이다. 이러한 대안으로 인적자원이 생겨나기 시작했다. 그래서인지 한국의 교육열은 어느 나라보다 뜨겁다.

학부모는 아이의 입시를 위해 고급 과외는 물론 정보를 얻기 위해 먼 지역도 마다하지 않고 움직인다. 이러한 영향 때문인지 한국에서 체육이라는 과목은 비인기 종목 중 하나이다. 정확히 표현하면 중요성이 떨어진다고 할 수 있다. 내신과 수능에 절대적인 비중을 차지하는 국어, 영어, 수학 등의 주요 과목에 비해 체육은 피해만 주지 않으면 다행일 정도이다. 하지만 시대가 변하고 있다. 이제 체육이라는 과목도 학생들에게 점점 필요한 시대가 되고 있다.

이튼 칼리지의 인재 조건 중 하나

이튼 칼리지는 영국의 모든 중학교, 고등학교를 통틀어 사회 지도층과 총리를 배출한 명문 학교이다. 이튼 칼리지는 설립의 목적부터가 다르다. 설립 목적 자체가 국가를 이끌 인재를 배출하는 것이다. 그래서 자신 밖에 모르는 이기적인 생각의 지도층을 배제한다. 이러한 이튼 칼리지에는 다른 학교에서는 볼 수 없는 특이한 한 가지가 있다. 그것은 스포츠를 교육의 우선순위로 둔다는 것이다.

이튼 칼리지에서는 페어플레이 정신, 공동체 의식, 준법정신, 약자에 대한 배려, 책임감 등 지도자적 자질을 함양하는데 있어 운동이 필수적이라 생각한다. 이튼 칼리지 출신의 유명인으로 토니 블레어, 데이비드 캐머런 등 영국 총리들이 대표적이다. 그리고 『멋진 신세계』를 쓴 작가 올더스 학슬리, 『동물농장』을 쓴 작가 조지 오웰, '007 시리즈'의 원작 추리 소설을 집필한 이안 플레밍

이 있다. 그 외 경제학자로 존 메이너드 케인스가 있으며, 영국의 왕세자의 둘째 아들인 앤드류 왕자 등이 있다.

나의 경험상 운동은 사회 지도층이 되고자 하는 사람에게 필요한 요소 중 하나라 생각한다. 운동을 하게 되면 제일 먼저 효과를 보는 것이 체력이다. 아무리 뛰어난 지도층이라 하여도 체력이 받쳐주지 않는다면 오래 갈 수 없다.

세계 지도층이 즐겨하는 한 가지

현대 사회 지도층 중에는 운동을 즐겨하는 사람이 많다.

가장 쉬운 예로, 미국의 전 대통령인 버락 오바마다. 오바마는 고등학교를 졸업한 이후 취미로 농구를 즐겼다. 그곳에서 그가 배운 것은 공정성과 책임감이다. 농구 경기에서 공정하지 못할 경우 싸움이 난다는 것을 눈으로 직접 확인했기 때문이다. 그리고 이러한 공정함을 위해서는 팀원 전체가 책임감이라는 것으로 똘똘 뭉쳐야한다는 것을 몸으로 깨우쳤다.

또한 오바마는 농구를 정치 생활에도 활용하였다. 농구를 통해 그에게 필요한 인맥도 점차 쌓아 나갔다. 처음 사회 운동을 시작할 때에 빈민가 사람들의 호응을 받을 수 있었던 것도 길거리 농구 덕분이었다.

그는 스포츠를 통해 결혼에도 성공한 인물이다. 그의 부인인 미셸 오바마는 어릴 때부터 아버지를 통해 농구에 대해 익히 들어왔다. 그녀는 아버지에게서 농구는 누가 이기적인지 금방 알아낼 수 있다는 말을 듣고 자라왔다. 그래서 그녀는 결혼을 결정하기 전에 농구감독인 자신의 오빠에게 그에 관해 어떤 사람인지 물어봤다. 운이 좋게도 오바마는 그의 오빠에게 좋은 모습을 보여주었고, 합격이라는 선물을 받았다.

또한 그의 측근에 따르면 그는 대선기간 운동을 정말 열심히 했다고 한다. 선거 다음 날과 대통령에 당선된 날에도 체육관을 찾았다고 한다. 그가 미국의 최초 흑인 대통령이 되기까지 엄청난 자기계발을 했을 것이다. 그리고 그 중심에는 단연 운동이 포함되어 있다. 어쩌면 그에게 있어 운동은 단순히 체력을 관리하는 수준이 아니었을 것이다. 단순한 체력관리를 넘어 삶의 일부분으로 자리했을 것이다. 운동을 통해 긍정적이고 희망찬 마음을 가질 수 있도록 도왔을 것이다.

대통령에게 필요한 능력

미국의 유권자들이 대통령을 평가할 때 중요하게 생각하는 한 가지 요소가 있는데 그것은 '스포츠'이다. 그들은 운동과 정치를 연관 지어 생각한다. 대통령의 운동능력이 곧 정치 능력이라 생각한다. 미국의 역대 대통령을 스포츠와 연결시켜보면 상당수가 관련이 있다. 그럼 미국의 역대 대통령 중 누가 스포츠와 연관 있을까?

조지 워싱턴 – 승마와 걷기

존 애덤스 – 수영

시어도어 루스벨트 – 테니스

존 F. 케네디 – 수영, 미식축구, 요트

제럴드 포드 – 미식축구 선수 출신

로널드 레이건 – 수영

조지 H. W. 부시 – 자전거, 마라톤

빌 클린턴 – 조깅

버락 오바마 – 농구, 달리기

도널드 트럼프 – 골프

하버드대학교 학생들이 공부와 함께하는 것

하버드대학교는 아이비리그에 속하는 대학교 중 한 곳이다. 하버드대학교는 한국인 출신도 많고, 방송에서도 많이 소개되어 우리에게 익숙한 이름 중 한 곳이다. 그리고 알 만한 사람은 다 알듯이, 세계의 수재들이 입학하는 학교로 공부를 많이 시킨다. 입학한다고 하더라도 적응을 못할 경우 스스로 나와야 할 정도로 학업에 대해서는 엄격하다. 이런 수재들이 모인 학교에서 공부 말고 중요하게 생각하는 것이 있다.

그것은 바로 '운동'이다.

그들은 운동을 통해 건강을 관리한다. 명문대생들은 체력이 있어야 공부도 잘 할 수 있다는 것을 알고 있을 것이다. 그리고 그들 스스로도 운동을 해야 건강을 지킬 수 있다는 것을 알고 있다. 대한민국의 학생들을 생각하면 정말로 안타까운 현실이다.

나는 중학교 2학년 때까지 공부를 몰랐다. 하지만 학원을 다니며, 나보다 잘하는 학생을 앞지르고 인문계 고등학교에 진학할 수 있었던 비결에는 체력이 중요한 역할을 했다고 생각한다. 또한, 운동 후에 수업을 들을 때의 느낌은 아직까지 잊혀 지지 않는다.

한 마디로 표현하자면 '스펀지로 흡수하는 느낌'이었다.

물론 중학교의 수업 난이도가 쉬울 수 있었을 것이다. 하지만 초등학교 때까지만 해도 구구단과 기본적인 산수를 못해 놀림까지 받았던 학생이기에 중학교 때 공부를 하면서 성적을 향상 시킬 수 있었던 첫 번째 비결은 체력이라고 자신 있게 말할 수 있다.

그래서 운동, 스포츠, 체육 활동은 우리가 중요하게 생각해야 할 덕목이라 생각한다.

04

AI시대, 우주인이 지구 밖에서 운동하는 이유

운동은 하루를 짧게 하지만 인생을 길게 한다.

조스린

과학기술의 발전으로 인류는 우주선을 타고 지구 밖으로 갈 수 있는 시대가 되었다. 선진국이라 불리는 미국과 러시아는 이미 몇 차례나 유인 우주선 발사에 성공했다. 우주선 발사는 아니지만 우주인 선발을 위한 공모가 한국에서도 진행되었다. 2006년 4월 한국에서 우주인 선발 공모를 했을 때 우주인이 되기 위해 지원한 사람은 3만 6천여 명이었다. 이 중에서 단 한 사람만이 꿈에 그리던 무중력의 공간, 우주로 향한다.

그 당시 우주인 선발 공모에 관련하여 어느 방송매체에서 프로그램을 방영하였다. 우주인 선발이라는 소재의 프로그램이라 호기심 가득한 눈으로 즐겨봤던 기억이 있다. 지원자들의 직업도 다양했다. 교수, 공군 장교, 민간 항공기 조종사, 경찰, 외교관, 기자, 연구원, 회사원 등 다양한 직종의 사람들이 우주인 선발에 관심을 가졌다. 이들은 현직에 종사하면서도 심장 한 쪽에는 또 하나의 꿈을 꾸고 있었던 것이다.

우주인이 되기 위한 과정

우주인이 되기 위한 과정은 쉽지 않아 보였다. 그 당시 우주인이 되기 위해서는 크게 2가지의 선발 과정을 거쳐야 했다.

1. 국내 선발 테스트
2. 러시아 현지 선발 테스트

첫째, 국내 선발 테스트를 통과하다.

국내에서부터 선발을 위한 경쟁은 치열했다. 국내 선발을 위해서 우선 기초 체력, 필기시험, 적성평가 형식의 시험을 치렀다. 그 다음은 우주인을 선발하기 위한 의료 테스트를 거친다. 의료 테스트를 할 때에는 몇 가지 서약서를 작성한 후에 시작했다. 서약서를 작성한 이후에는 검사에 필요한 주사를 맞는다. 그리고 안과 검사, 시야검사, 기립 경사대 검사, 중력 내성 테스트 등을 거쳤다.

왜냐하면 로켓의 가속도를 견디고, 무중력 상태를 적응할 수 있을지 알아야 했다.

둘째, 러시아 현지 선발 테스트를 통해 최종후보를 선발한다.

국내에서 지원자를 선발한 이후에는 러시아 현지에서 선발 과정을 거쳤다. 선발 장소는 가가린 우주인 훈련 센터였다. 훈련 센터에서는 우주 적성 검사와 현지 적응도 검사, 무중력 비행 훈련, 수중 유영 훈련 등을 거쳐 선발했다.

결과를 말하면 그 당시 최종 후보로 2명이 선발되었다. 1명은 실제 우주선을 타고 지구 밖 우주로 가게 되고, 한 명은 예비 우주인으로서 비상 상황에 대비했다. 실제로 가게 된 사람이 한국의 최초 우주인 이소연 씨였다.

우주에서의 신체 변화

지구와 우주에서의 가장 큰 차이는 '무중력 상태'이다. 이러한 무중력 상태에서는 신체에 여러 가지 변화가 나타난다.

『우주에서, 이소연입니다』에는 무중력 상태에서의 신체의 변화에 관하여 다음과 같이 설명했다.

무중력 상태에서 인간의 몸은 여러 가지 변화를 겪게 됩니다. 대표적인 증상은 얼굴이 붓는 거죠. 피가 아래로 잘 흐르지 못하고 위로 몰리는 바람에 머리와 목의 혈관이 확장되기 때문입니다. 반대로 허리와 다리는 가늘어지죠. (…)

혈액만 얼굴에 몰리는 건 아닙니다. 각종 체액도 얼굴에 몰리는데 우리의 뇌는 이것을 몸 전체의 체액이 늘어난 걸로 인식합니다. 그래서 10퍼센트 정도의 체액을 몸 밖으로 배출시키죠. 그래서 우주인들은 계속 탈수에 시달리게 됩니다. (…)

심각한 것도 있습니다. 뼈에서 칼슘이 빠져나가는 겁니다. 중력이 있을 때보다 힘을 덜 받는 만큼 뼈도 변신을 시도하는 거죠. 그 때문에 우주정거장에서 장기간 시간을 보내면 뼈와 근육이 몹시 약해져서 지구상에서는 혼자 힘으로 설 수도 없게 됩니다. 그뿐 아닙니다. 무중력 상태에서는 심장이 내뿜는 혈액의 양이 현저히 늘어납니다. 지구로 귀환하면 반대의 현상이 벌어지죠. 이것을 정상적인 상태로 돌려놓으려면 몇 주가 걸립니다. 지구로 귀환한 우주 비행사가 일정 기간 치료를 받게 되는 것도 그 때문이죠.

우주인이 하는 운동

위의 설명과 같이 우주에서는 무중력으로 인해 신체에 많은 변화가 나타난다. 그 중 치명적인 것이 다리에 있던 피가 머리로 쏠리는 현상이다. 그리고 뼈의 칼슘이 빠져나가기 시작하면서 생기는 근력의 손실이다. 이러한 이유로 우주인은 실제로 운동을 생활화 한다. 미국 나사에서는 우주인을 위한 운동 리스트도 있다고 한다. 종류로는 런지, 푸시업, 윗몸 일으키기, 턱걸이, 박스 점프, 달리기 등 이다. 우리나라 최초 우주인 이소연 씨도 우주에서 운동을 했다.

『우주에서, 이소연입니다』에서도 이러한 대목을 찾아볼 수 있다.

> 보이는 변화도 있지만 보이지 않는 변화도 있다. 뼈에서는 칼슘이 빠져나간다. 근력도 약해지기 마련이다. 그 때문에 우주 비행사들은 틈틈이 운동을 해야 한다. 소연도 런닝 머신을 시작했다. 무중력이라서 지구에서와 같은 효과를 기대하기는 어렵지만 그래도 뭔가 하지 않으면 안 된다. 세르게이는 앉아서 고무줄을 당기는 훈련을 시작했다.

최종 선발된 우주인 이소연 씨가 우주인이었던 사진을 보면 특이한 점을 볼 수 있다. 얼굴이 상대적으로 커 보인다. 중력으로 인해 다리에 몰려있던 피가 무중력으로 인해 머리로 쏠리면서 나타난 현상이다. 또한 우주에서는 무중력으로 인해 칼슘이 빠져나가고, 다리의 근력이 점점 줄어드는 현상이 나타난다.

이러한 비슷한 현상을 지구에서도 찾아볼 수 있다. 사람은 젊었을 때야 몸이 튼튼하겠지만, 시간이 지나고 나이가 들면, 반대 현상이 나타난다. 몸의 근력은 점점 줄어들고 건강이 나빠지기 시작한다. 그래서 우리에게 운동이 필요하다. 그리고 컴퓨터의 발전은 우리의 생활습관까지 바꾸어 놓았다. 앉아서 생활하는 시간은 점차 늘어났다. 그래서 운동은 지구에 살고 있는 현대인에게 더욱 필요해졌다.

보통의 사람이라면 우주라는 공간에 손쉽게 가지 못할 것이다. 하지만 지구에 있으면서도 우리의 몸은 우주공간에 있는 것처럼 변하기 시작한다. 근력의 손실이 나타나기 시작하고, 이러한 근력 손실은 각종 질병을 유발하게 하고, 심각할 경우 생명과도 직결된다.

그래서 운동습관은 우리의 인생에 정말 중요하다.

05

0교시 체육 수업과 성적

신이 우리에게 준, 성공에 필요한 2가지 도구는 교육과 운동이다.
하나는 영혼을 위한 것이고, 다른 하나는 신체를 위한 것이다.
하지만 이 둘은 결코 분리할 수 없다.
둘을 함께 추구해야만 완벽함에 이를 수 있다.

플라톤

지난 구석기 시대의 모습과 현대인의 삶의 방식에는 차이가 있다. 한 끼 식사를 먹는 모습만 봐도 그 차이를 알 수 있다. 현재는 식탁에 모여 각자의 그릇으로 밥을 먹는다.

구석기 시대에는 산과 들에서 수렵과 채집을 하여 먹을 것을 얻었다. 산에서는 나물, 뿌리, 과일을 먹었고, 강과 바다에서는 물고기를 잡고 짐승을 사냥했다. 한 끼 식사를 위해서는 요리를 한다는 개념보다는 음식을 구해온다는 표현이 더 어울릴 것 같다. 이러한 삶의 차이는 겉모습에서도 나타난다.

현대인의 경우 요리를 위해 도마, 칼, 조리 기구를 부엌이라는 공간에서 사용한 반면 구석기 시대는 창, 돌 등 사냥을 위해 이동하는 삶을 살아야 했다. 그래서 구석기 시대의 사람들은 현대인보다 많이 움직이고 활동성이 많았을 것이다. 이러한 활동성은 알게 모르게 우리의 유전자 깊숙한 곳에 연결되어 있을 것이다. 즉, 우리의 유전자는 우리도 모르게 활동성에 대한 필요성을 외치고 있다.

운동과 건강 그리고 뇌

많은 사람들이 운동에 대한 필요성을 느끼고 있다. 운동이 건강을 유지하는데 중요한 역할을 하기 때문이다. 인터넷과 텔레비전에 나오는 의료 전문가를 통해 그 사실을 더욱 잘 알 수 있고 증명되어 왔다. 또한 일반인들도 운동을 통해 삶의 활력을 얻을 수 있고, 일상생활에 도움이 된다는 사례가 점점 늘어나고 있다.

운동이 우리의 일상에 필요한 명확한 이유는 우리의 '뇌'때문이다. 운동이 우리의 뇌에도 긍정적인 영향을 준다. 우리의 뇌는 몸무게의 2% 정도의 작은 부분이지만, 우리가 사용하는 혈액의 20~25%정도를 사용한다. 실로 엄청난 소비량이다. 그만큼 뇌는 우리 신체에서 중요한 역할과 기능을 한다고 할 수 있다.

이러한 중요한 뇌에 운동이 긍정적인 영향을 준다는 사실은 놀랍다. 그래서 운동은 우리의 일상생활에 정말 중요하다.

운동이 뇌에 중요한 것은 의료계에서도 증명되고 있다. 이미 뇌와 관련된 질환을 운동을 통해 회복시키는 사례들이 있다. 대표적으로 뇌출혈 환자, 파킨슨병 등의 뇌와 관련된 질환을 앓고 있는 환자를 수술한 후 그들의 회복과정에서 운동이 도움이 되고 중요한 역할을 한다는 사례가 있다. 또한, 운동을 통해 뇌에서 인식하는 불안감과 스트레스를 낮춰주고, 주의력을 높이는 사례도 많이 있다. 이는 운동을 하면 세로토닌, 도파민 등의 호르몬 분비가 늘어나기 때문이다.

많은 사람들이 건강에 대하여 표현한다. '건강을 위해 운동한다.', '건강 유지를 위해 운동 한다.' 등 여기서 건강의 의미는 신체적인 건강에 한정한 의미가 클 것이다. 즉, 몸과 정신을 각각 별개로 구분지어서 표현할 것이라는 의미이다. 하지만 건강은 신체적인 건강뿐만 아니라 정신적인 건강도 포함된다. 이제는 운동을 할 때 우리의 정신건강과 신체건강 모두를 건강하게 해준다는 인식으로 확장되었으면 좋겠다. 그리고 정신건강과 신체건강의 핵심에는 운동이 뇌에 긍정적인 영향을 준다는 사실이다.

0교시 체육과 성적의 상승

운동이 우리의 뇌에 긍정적인 영향을 주고 건강에 중요한 영향을 준다는 사실에는 감이 왔을 것이다. 그렇다면 운동이 우리의 뇌를 자극하여 학습에 어떠한 영향을 주는지에 대해 살펴보겠다. 어쩌면 한국 사회에서 공부하기도 바쁜 상황에서 운동을 한다는 자체에 고개를 흔드는 사람이 있을 것이라 생각한다. 혹시라도 이러한 생각을 하고 있다면 아래의 사례를 통해 다시 한 번 생각하는 계기가 되길 바란다.

미국 시카고의 어느 외곽 지역에서는 운동과 학생들의 관해 흥미로운 내용이 있다. 존 레이티·에릭 헤이거먼의 『운동화 신은 뇌』라는 책에는 다음과 같은 내용이 나온다.

- 전국에서 가장 건강한 청소년이 있는 학교
- 고등학교 2학년 가운데 과체중인 학생은 불과 3퍼센트
- 학업 성적이 압도적으로 월등함
- 팀스(TIMSS)라는 시험 결과에서 중국, 일본, 싱가포르 학생들이 속한 23만 명 학생 중 수학에서 6등, 과학에서 1등을 한 유일한 미국 학생

위에서 설명한 학교는 일리노이 주 시카고 서쪽에 위치한 '네이퍼빌 센트럴 고등학교'이다. 네이퍼빌 학교는 다른 학교와는 다른 독특한 건물이 있다. 천장은 낮고 창문조차 없는 강당이다. 이 안

에는 트레드밀과 고정 자전거가 가득 있다. 그리고 7시 10분 이른 시간에 학생들이 운동을 하고 있다. 이른바 0교시 체육 수업이다. 이 0교시 체육 수업은 네이퍼빌 203학군에 있는 학생들을 전국에서 가장 건강하고 학업 성적이 뛰어난 아이들로 만들어놓았다. 0교시 체육 수업은 네이퍼빌 203학군에서 추진하는 독특한 수업 방식이다. 이러한 새로운 방식의 체육 수업이 정규 수업 과정에 속한지 17년이 지났음에도, 그 효과는 더욱 증가하고 있다. 바로 그들의 학업 성취도가 높아진 것이다.

203학군 학생들의 학업 성취도는 일리노이 주에서 항상 상위 10위 안에 든다. 센트럴 학생들의 학업 성취도를 증명하는 팀스의 결과가 있다. 팀스 시험은 1995년부터 4년마다 실시되고 있는데, 1999년에는 38개국에서 23만 명의 학생들이 참여했는데, 그 중 미국 학생은 5만 9천 명이었다. 이 시험에 네이퍼빌 203학군은 학생들의 학업 성취도를 평가받을 목적으로 참여했다. 중학교 2학년생의 97퍼센트가 참여하도록 했다. 그 결과는 놀라웠다. 과학에서는 1등, 수학에서는 세계 6등을 차지했다. 이 실험에서 놀라운 점은 국가 전체 성적을 봤을 때 미국은 과학에서 18등, 수학에서 19등으로 높은 성적이 아니라는 것이다. 하지만 네이퍼빌 학군은 이러한 상황에서 학군별 편차가 큰 미국이라는 나라에서 미국 학생들도 우수한 성적으로 최고가 될 수 있다는 가능성을 보여주었기 때문이다.

위의 실험 내용에서 공감되는 부분이 많았다. 나는 중학교 2학년 겨울방학까지 공부라는 것을 몰랐다. 그만큼 공부에는 관심이 없었고 잘 하지도 못했다.

하지만 다른 학생들과 달랐던 점은 하교 후 운동하러 체육관에 갔다는 것이다. 운동 후 학원에서 신기한 경험을 하곤 했다. 나도 모르는 사이 머릿속에서 수업 내용이 흡수되는 것을 느낀 경험이 있다. 그때의 경험은 10년이 지난 지금도 생생하다.

그 당시에는 몰랐지만, 지금에서야 돌이켜보면 공부하기 전에 했던 운동이 많은 영향을 주었을 것이라 생각한다. 그 당시 같은 반 친구들과 담임 선생님도 나의 향상된 성적에 놀랐던 기억이 있다.

나는 직장생활을 하는 지금도 매일 새벽이면 운동을 한다. 우연히 시작한 새벽 운동은 점점 나의 생활이 되었고, 지금은 습관이 되었다. 운동을 한 이전과 후의 차이를 한 마디로 표현하면 다음과 같다. '나는 자신감을 입고 있다.' 라고 말이다.

정말이다. 새벽에 운동을 할 때에는 땀과 거친 호흡으로 힘이 들지만, 운동을 끝마친 이후에는 몸이 단단해지고, 나도 모르 게 목소리에 힘이 생기고, 당당해지는 것을 느낀다.

이 글을 읽는 독자 분들도, 운동을 통해 '자신감'이라는 멋진 슈트를 입길 바란다.

06

신이 내린 하루 30분의 기적

걷기는 최고의 운동이다. 멀리 걷기를 습관화하라.

토마스 제퍼슨

30분은 생각에 따라서 길기도 하고 짧기도 한다. 30분으로 우리가 할 수 있는 것은 많다. 아침에는 30분이나 더 잘 수 있고, 출근해서는 공문을 작성할 수 있는 시간이며, 30분이면 점심식사를 할 수도 있다. 또한 책을 읽을 수도 있고 청소도 할 수 있을 정도로 30분 안에 많은 것을 할 수 있다.

신이 내린 운동

이렇게 30분이라는 시간은 개인이 사용하기에 따라 천차만별이다. 이 중에서 유용하게 쓸 수 있는 방법이 있다. 그것은 '운동' 이다. 아마 30분 동안 어떻게 운동을 할 수 있는지 반문할 수 있다. 하지만, 우리는 이미 그것을 하고 있다. 단지 의식을 하지 못했을 뿐이다. 그것은 '걷기'이다. 걷기는 우리가 생각하는 것 이상으로 엄청난 효과가 있는 운동이다.

걸을 때마다 엉덩이 부위가 욱신거렸다. 걷기만 해도 엉덩이 안에서 찌르는 느낌이 났다. 누워 있을 때, 몸을 옆으로 돌리거나 일어날 때마다 통증은 더욱 심했다. 그럴 때마다 나는 병원에서 진통제를 맞았다. 진통제를 맞지 않으면 통증으로 버티기가 힘들었다.

그때 우연히 인터넷 영상을 통해 '걷기'를 알게 되었다. 특히 걷기를 하게 되면 허리에 좋다는 설명이 인상적 이었다. 그 전까지는 걷기가 운동이 될 수 있을까 라고 생각했다. 하지만 걷기는 이미 과학적으로 운동의 효과가 있는 것으로 증명되었다. 가능한 대로 조금씩 걷기를 시작했다.

정선근 저자의 『백년운동』에는 걷기운동을 추천하는 이유에 대해 다음과 같이 말한다.

> 근골격계 재활 전문의인 필자는 척추관절 통증으로 고생하는 분들이 좀 더 활발하게 살 수 있도록 돕는 것이 본업이다. 필자가 진료실에서 걷기운동을 추천하는 가장 실제적인 이유는

걷기운동만으로 허리 통증, 무릎 통증을 완화할 수 있기 때문이다. 걸으면 허리와 무릎이 오히려 더 좋아진다고? 못 믿겠는데? 의심의 눈초리를 보내는 독자들을 위해 구체적인 근거를 소개하면 아래와 같다.

- 하루 한 시간, 주 5회, 3주간 트레드밀을 달린 실험쥐는 운동을 하지 않는 실험쥐에 비해 허리 디스크 속 세포 수가 크게 늘어나고 디스크를 구성하는 물질이 더 풍부해졌다.
- 최근 5년간 1주일에 20km 이상 달리기를 하는 사람과 운동을 전혀 하지 않는 사람들의 허리 MRI 영상을 비교했다. 달리기를 하는 사람들의 허리 디스크가 더 두껍고 디스크 속 수분 함량이 더 높았다.
- 실험쥐의 무릎에 독한 약을 주사해 심한 관절염을 앓게 만든 다음 하루 30분간, 주 4회, 4주간 트레드밀을 달리게 했다. 운동을 하지 않은 관절염 실험쥐에 비해 통증 반응이 줄어 들고 CT상 관절도 더 튼튼했다.
- 무릎 퇴행성관절염이 상당히 진행한 60세 이상을 대상으로 하루 40분간, 즉 주3회 걷기 운동을 시켰더니 운동을 하지 않은 사람에 비해 3개월 만에 통증이 확연히 줄어들었다.

책에서는 그 이유에 대해 우리 몸의 근골격계를 이루는 조직은 적당한 스트레스를 받으면 더 튼튼해지고 스트레스가 너무 적으면 오히려 약해지는 특징이 있다고 한다.

같은 공간 다른 느낌인, 새벽 시간

내가 새벽 기상과 동시에 걷기를 했을 때이다. 정확히 말하자면, 산책과 같다. 잠에서 깨어나면, 운동복으로 갈아입은 뒤 신발을 신고 무작정 밖으로 나갔다. 밖으로 나가면 나를 가장 먼저 반겨주는 것이 있다. 그것은 맑은 공기이다. 새벽의 공기는 달랐다.

'새벽 공기는 공기에 맛과 냄새가 있다는 착각을 일으킨다.'

밖에 나가서 심호흡을 깊게 들이킨 후, 몸을 가볍게 풀어준다. 목, 팔, 어깨, 다리, 허리를 스트레칭 한다. 다치기 쉬운 발목의 경우 팔목과 함께 돌려주며 풀어준다. 몸을 풀 때는 마음속으로 숫자를 세었다. 준비가 끝난 후에는 걷기 시작하면 된다.

새벽에 산책 할 때는 날씨에 영향을 많이 받는다. 비오는 날은 비에, 눈이 오는 날에는 눈의 영향을 받는다. 그리고 이러한 날씨는 감정에도 영향을 준다. 그래서 날씨는 중요하다. 좋지 않은 날씨는 새벽 산책에 방해꾼 역할을 한다.

이왕이면 따뜻한 햇살과 푸른 하늘이 펼쳐질 때 산책을 하면 더욱 좋다. 기분을 좋게 만들고 상쾌하게 한다. 날씨가 가장 좋을 때는 비온 후, 다음 날이다.

비온 뒤에는 하늘이 맑게 갠다고 하지 않든가. 정말 맞는 말이다. 비온 뒤 다음 날 하늘에서는 푸른빛과 구름이 장관을 이룬다. 그 위에서 비춰주는 태양은 정말이지 아름답고 멋지다. 이런 아름다운 광경을 볼 때면 자동적으로 휴대폰을 꺼내어 사진을 찍게 된다. 가끔은 휴대폰을 일부로 두고 오는 날도 있다. 그런 날은 눈으로 보며 마음에 담는다.

새벽에 일어나면 비몽사몽 상태가 된다. 하지만 문밖을 나가 바깥공기를 마시고 걸으며 깨닫게 된 것이 있다. 그것은 새벽 산책은 나의 하루를 더 풍요롭게 한다는 것이다. 새벽 산책은 많은 장점이 있다. 그 장점은 다음과 같다.

1. 심리적 안정감
2. 사색하는 힘
3. 건강

첫째, 심리적 안정감을 느낄 수 있었다.

새벽 시간에 산책을 할 당시는 여러 가지로 어려운 현실에 놓여 있었다. 이러한 어려움은 나의 정신과 마음을 부정적으로 만들고 있었다. 나의 삶도 점점 나락으로 떨어지는 기분이었다. 어떻게 해서든 해결 방법을 찾아야 했다. 다행히 새벽에 산책을 하며, 자연스럽게 내 마음을 들여다보며, 마음 속 불편함을 조금이나마 덜어낼 수 있었다.

둘째, 사색하는 힘을 기를 수 있었다.

직장인에게 생각은 '양날의 칼'과 같다. 나의 개인적인 생각은 자칫 조직과 의견충돌이 일어날 수 있고, 생각을 하지 않으면 나의 정체성을 잃을 수 있다. 새벽에 산책을 하며, 보다 나은 삶에 대해 생각하고, 고민하게 되었다. 산책하는 동안 떠오른 창의적이고 생산적인 생각은 내가 책을 쓰고 업무를 할 때 많은 도움이 되었다.

셋째, 건강해진다.

산책을 하면 자연스럽게 걷게 된다. 걸음은 운동으로 이어지고, 운동은 나의 건강과 연결된다. 실제로 걷기를 통해 나는 허리통증을 감소시키는 경험을 했다. 허리통증이 감소된 이후 맨몸운동과 기구 운동을 조금씩 할 수 있게 되었다.

많은 사람이 건강에 대해 말하고, 건강해지고 싶어 한다. 건강하기 위해서는 간단하다. 올바른 운동, 골고루 갖춘 영양식 그리고 휴식이다. 하지만 대부분 이러한 사실을 알면서도 이와는 다른 행동을 한다. 그리고 자신은 바쁘다는 핑계로 평소의 습관대로 행동하게 된다. 건강과는 거리가 먼 과식, 오래 앉아 있는 습관, 잘못된 생활습관 등으로 우리의 건강은 더욱 나빠지기 시작한다.

이 글을 읽은 순간부터는 하루 30분만 나를 위해 투자해보는 건 어떨까 싶다. 단 30분만 건강을 위해 투자하자.

07

영양까지 운동이다

우리는 실로 우리가 먹는 음식보다 훨씬 나은 존재이다.
그러나 우리가 먹는 음식은 우리가 지금보다 훨씬 더 나은 존재가 될 수 있게 해준다.

아델 데이비스

다이어트에는 2가지 의미가 있다. 대부분의 사람들이 다이어트를 체중 감량으로 생각한다. 그래서 흔히 살을 빼고 싶을 때 '다이어트 한다'는 표현을 사용한다. 하지만, 다이어트의 보다 정확한 의미는 몸의 건강을 위해 하는 것이다.

다이어트에 중요한 한 가지, 더 중요한 한 가지

다이어트를 위해 중요한 한 가지가 있다. 그것은 '운동'이다. 보통 운동이라 함은 달리기, 축구, 농구, 요가 등 땀을 흘리며 하는 활동적인 것과 역도, 보디빌딩 등의 무거운 기구를 드는 근력 운동을 말한다. 그리고 다이어트를 하기 위해서는 중요한 한 가지가 더 있다. 그것은 '식단'이다. 운동을 하면서 식단이 병행이 되지 않는다면, 운동을 하지 않은 것만큼 위험해질 수 있다.

다이어트로 고민하는 사람은 2가지 부류이다. 하나는 체중을 감량하고 싶은 부류이고, 다른 한 가지는 체중을 늘리고 싶은 부류이다. 마른 체형의 경우에는 살을 찌고 싶어 한다. 이 두 종류에는 공통점이 있다. 그것은 운동과 음식 섭취이다.

나는 마른 체형에 속한다. 어린 시절 마른 체형으로 위축된 적이 많았다. 몸이 마르면 상대적으로 약해 보일 수 있기 때문이다.

이러한 이유로 어린 시절 무술을 배웠다. 무술을 배우면서도, 상대적으로 키가 크고 덩치가 큰 경우 한계를 느끼곤 했다. 그 시절 나는 체중을 늘리고 싶었다. 체중을 늘리기 위해서 운동을 더 해야 한다는 생각을 했다. 그래서 체육관에서 운동 시간이 끝나면 남들보다 운동을 더 하곤 했다. 팔굽혀 펴기, 윗몸 일으키기를 수백 개씩 하곤 했다. 운동으로 인해 몸은 탄탄했지만, 여전히 말라 보였다. 살이 잘 찌지 않는 체질이고, 영양이 부족한 상황에서 운동을 남들에 비해 많이 했기 때문이었다. 특히 그 당시 배우던 무술은 전신을 쓰는 운동이었다. 뛰고, 구르고, 발차고 온몸을 사용하니, 내 몸에 살이 찔 겨를이 없었을 것이다.

그렇게 시간은 흘러 대학생이 되어 우연히 헬스라는 운동을 알게 되었다. 헬스를 하면서 자연스럽게 영양에 대해서도 알게 되었다. 나는 살이 찌지 않은 이유를 그때 알게 되었다.

원리는 간단했다. 헬스 운동을 하게 되면 우리 몸은, 상처 비슷한 상태가 된다. 쉽게 말하면 기존의 세포가 무너졌다고 보면 된다. 그리고 우리 몸은 이러한 상태를 다시 원래 상태로 복원하려는 시스템이 작동된다. 이때 우리 몸은 이전보다 더 강하고 튼튼한 세포를 만들기 시작한다. 바로 여기에 포인트가 있다. 우리 몸이 이전보다 더 좋은 상태를 만들어 줄 때 올바른 영양을 섭취해줘야 한다. 그래야 이 영양소는 우리 몸속에 흡수되어 더 건강하고 튼튼한 세포로 발전한다. 나는 헬스와 영양 섭취를 병행하며 태어나서 처음으로 체중이 늘어나는 경험을 했다.

이것은 비단 나에게만 해당되는 것은 아니다. 만약 오늘부터 체중을 빼거나 늘리고 싶다면 운동과 함께 식단 조절을 반드시 해야 한다. 그럼 우리 몸의 체중을 늘리거나 줄이기 위해서는 무엇을 해야 할까? 답은 우리 몸에 필요한 영양소를 알아야 한다.

사람이 살아가기 위한 필수 영양소

우리 몸에 필요한 영양소는 대표적으로 5가지이다.

이 5가지를 소개하면 아래와 같다.

1. 탄수화물
2. 단백질
3. 지방
4. 무기질
5. 비타민

첫째, 탄수화물

탄수화물은 힘을 낼 수 있도록 에너지를 공급한다. 섭취하는 순간 포도당으로 전환되어 뇌의 집중력과 기억력을 강화시킨다.

둘째, 단백질

단백질은 우리 몸을 구성하고, 면역체를 만들 때 쓰이고, 몸의 모든 세포와 조직을 만들 때 사용된다. 근육, 장기, 피부, 모발, 손발톱의 주성분 등을 만든다. 단백질이 부족하면 자칫 건강을 잃을 수 있다.

셋째, 지방

몸속 장기를 보호하며 체온을 유지하게 만든다.

넷째, 무기질

무기질은 칼슘과 철, 칼륨과 나트륨을 포함한다. 녹색채소나 치즈에 많이 함유되어 있다. 우리 몸의 뼈와 조직을 구성하고, 피를 생성하고, 위액의 산도를 조절한다. 무기질은 반드시 음식을 통해 섭취해야 한다.

다섯째, 비타민

비타민은 탄수화물, 단백질, 지방의 대사를 도와주는 역할을 한다.

위의 5가지만 골고루 섭취해 준다면 건강을 유지하기에는 충분하고, 평소 물을 자주 섭취해 준다면 더욱 좋다. 그렇다면 5가지 영양소가 들어있는 음식에는 무엇이 있는지 살펴보자.

구분	음식
탄수화물	쌀, 면 종류 등
단백질	고기, 콩, 달걀 등
지방	호두, 땅콩, 잣 등의 견과류
비타민	과일류, 채소류 등
무기질	우유, 요구르트 등의 유제품

영화 300, 마블 시리즈, 베트맨, X맨 등을 본 경험이 있을 것이

다. 그 영화 속에 남자 주인공들을 보면 모두 용맹하고 강한 이미지로 나온다. 상체 근육만 보더라도 멋지게 단련되었음을 한 눈에 알 수 있다.

어느 인터넷 매체에서 이들과 인터뷰를 한 적이 있다. 어떻게 멋진 몸을 만들었는지에 대한 내용이 있었다. 그들의 대답 중 가장 공통적이고 힘든 의견이 무엇인지 아는가?

운동? 물론, 운동도 포함된다. 하지만 그들의 입에서 나온 것은, 음식 조절이었다. 그들도 운동을 한 이후에는 식단 조절을 통해 지금의 멋진 몸을 만든 것이다.

08

하루 30분, 운동습관

나는 농구를 시작한 이후로 9,000번 이상 슛을 놓쳤고
거의 300번 이상 패배를 기록했다.
승패를 결정하는 슛을 놓친 경우도 26번이나 된다.
나는 인생에서 수없이 반복해서 실패를 거듭했다.
바로 그것이 내가 성공한 이유다.

마이클조던

'작심삼일(作心三日)'이라는 말이 있다. 무엇인가 결심한 후 3일을 채우지 못한다는 의미이다. 이러한 작심삼일에 어울리는 것이 있다. 그것은 '마음가짐'이다. 우리는 어떤 일을 하기 전 마음에 불을 지핀다. '올해는 한 달에 1권의 독서를 한다.', '이번 년도에는 다이어트에 성공한다.', '올해는 꼭 금연에 성공할거야' 등 각자 자신을 위해 결심을 한다. 그 중에서 가장 많은 결심을 하는 것이 '운동'이다.

운동을 결심하는 이는 저마다 다르다. 누군가는 다이어트가 목적이 될 수 있고, 누군가는 근육질의 몸매를 위한 운동을 할 수도 있다. 직장인의 경우 스트레스 해소가 될 수도 있다. 하지만 많은

사람이 이러한 결심을 끝까지 유지하면 좋겠지만, 중도에 포기하는 사례가 많다. 만약 올해 운동을 통해 자신이 변하고 성장하기를 희망하고 있다면, 오늘부터라도 다시 시작하자!

단점은 새로운 도전을 하게 만드는 원동력

나도 운동의 필요성을 느낀 후 새벽이면 하루 30분 이상 운동을 하고 있다. 원래는 간단히 몸을 풀고 스트레칭만 하려는 생각이었다. 하지만 몸을 풀다보니, 맨몸운동이 하고 싶어지기 시작했다. 맨몸운동을 하다 보니 몸의 변화가 조금씩 생기기 시작했다. 몸이 조금씩 변화하는 것을 보자 더 좋게 만들고 싶었다. 이러한 시작이 모여 현재는 매일 근력운동을 병행하고 있다.

내가 근력운동을 하게 된 계기가 있다. 그것은 마른체형 때문이었다. 이 마른 체형을 극복하고자, 새벽마다 헬스장에 가곤 했다. 처음 1주에서 2주는 큰 변화를 느끼지 못했다. 하지만 1개월이 지나자 몸에 조금씩 변화가 나타나기 시작했다. 거울을 보게 되면 가장 먼저 보이는 부위가 있다. 그것은 가슴 부위다. 어느 날 거울을 보니 가슴부위와 팔뚝 쪽에 변화가 보였다. 그렇게 2개월이 지나자, 체형이 조금씩 변화했다. 어깨가 조금 펴지고, 넓어 보이기 시작했다. 3개월이 되었을 때는 다른 사람들이 알아보기 시작했다. 그리고 옷의 핏도 조금씩 달라졌다. 이렇게 3개월 간 꾸준히 운동을 하자 내 삶에도 변화가 생겼다. 그것은 다음과 같다.

1. 운동습관
2. 건강습관
3. 생활습관

첫째, 운동습관이 만들어졌다.

보통 하나의 습관이 만들어지기 위해서는 21일, 66일, 3개월 정도가 소요된다고 한다. 내가 직접 운동을 해보니 어느 정도 일리가 있는 말이었다. 사실 날짜를 인식해서 운동을 한 것은 아니지만, 3개월이 지나자 운동은 일상이 되었다. 하루만 하지 않아도 기분이 이상해지는 것을 느꼈다.

둘째, 건강습관이 형성되었다.

네이버에 '건강'이라는 단어를 검색하면 다음과 같은 문장이 검색된다. '신체적·정신적·사회적으로 완전히 안녕한 상태에 놓여 있는 것.'

과거 내가 생각한 건강은 신체가 건강한 상태로만 생각했다. 즉, 몸이 아프지 않은 상태이다. 건강에 관심을 가지며, 신체와 정신적인 건강의 중요성을 깨닫게 되었다. 신체와 정신의 건강을 깨닫고 난 후, 운동을 하면서 명상과 독서를 병행하는 습관을 가지게 되었다. 이 습관은 육체와 정신은 분리할 수 없는 서로 조화를 이루는 한 가지로 인식하는 '건강습관'을 갖게 되었다.

셋째, 생활습관을 바꾸게 되었다.

과거에는 생활습관에 대한 인식이 없었다. 건강한 상태는 항상 유지될 거라 생각했다. 이러한 건강함이 조금씩 깨지면서 생활습관에 대해 인식하기 시작했다. 장시간의 컴퓨터와 핸드폰, 오래 앉아있는 습관, 잘못된 자세 등은 좋지 않은 영향을 조금씩 주기 시작했다. 이렇게 보이지 않는 영향력은 나쁜 습관으로 이어지며 통증과 병으로 이어졌다. 이 후 몸을 회복하기 위해 노력하며 생활습관이 점차 긍정적으로 변하기 시작했다. 앉아있을 때, 서 있을 때, 운동을 할 때 등 일상생활 속에서 바른 자세를 유지하기 위해 인식하기 시작했고, 좋은 생활습관으로 이어졌다.

전문가가 말하는 3개월의 효과

양치승 저자의 『양치승의 지옥 트레이닝』책을 보면 다음과 같은 내용이 나온다.

멋진 몸, 3개월이면 누구나 가능하다.

"도망가지 않을 자신 있어요?"

3개월 만에 원하는 몸을 만들어준다는 소문을 듣고 찾아왔다는 한 회원에게 내가 처음 건넨 말이다. 원하는 몸을 만드는 3개월이라는 시간이 그야말로 곡소리 나는 시간이 될 텐데 그만큼 의지가 있냐는 질문이었다. 트레이너는 조물주가 아니다. 운동에 의지가 없고 핑계와 자기 합리화로 가득 찬 사람을 멋진 몸으로 만들어줄 수는 없다. 결국 멋진 몸이라는 것은 운동하는 사람의 의지에 달린 것이다. 그 의지가 충분하다면 3개월 만에도 충분히, 누구나 멋진 몸을 만들 수 있다.

운동을 하다 보면 어느 순간 조금씩 운동을 게을리 하게 되는 시점이 찾아온다. 말도 안 되는 핑계들이 하나씩 생기기 시작하고, 그 핑계에 대한 자책감에서 벗어나기 위해 그럴듯한 이유로 포장하는 자기 합리화가 시작된다. 합리화가 시작되면 그때부터 몸은 나태해지기 시작하고 몸에서 점점 멀어지게 된다. 심한 감기 몸살에 걸렸다거나 부상 때문에 도저히 운동할 수 없는 위험한 상태가 아니라면 한 시간만 투자하면 된다. 24시간 중 단 한 시간도 투자하지 않고 3개월 만에 멋진 몸을 기대하는 것, 너무 욕심 아닌가? (중략)

하지만 운전을 해서 목적지에 도착하는 것은 결국 자신이다. 때문에 본인 스스로 마음을 굳게 먹고 이 악물고 운동할 수 있다면 트레이너 없이, 집에서 하는 운동으로도 얼마든지 멋진 몸을 만들 수 있다. 운동을 못하는 핑계에 대한 합리화를 스스로 이겨낼 때, 그때부터 몸은 좋아진다.

나도 위의 말에 동의를 한다. 누구든 3개월만 한 가지 운동을 실천해보자. 어떤 종목이어도 상관없다. 심지어 스트레칭이라도 하루에 30분에서 1시간 딱 3개월만 해보자. 매일하는 게 어렵다면 주3회 이상만 실천해보자. 아침에 실천하기 힘들다면 퇴근 후라도 좋다. 당장 내일부터 실천하자. 한 가지 종목을 선택하기 어렵다면, 걷기부터 실천하자. 걷기도 운동의 하나이다. 걷기만 잘해도 웬만한 질병을 예방할 수 있다. 특히, 감기에 자주 걸리는 체질이라면 운동을 하자! 왜냐하면 새벽에 운동을 시작한 이후로 감기에 걸리지 않는 경험을 했기 때문이다.

실패하고 좌절되는 순간, 해야 할 1순위

성공한 사람들에게는 저마다 한 가지 공통점이 있다.

그것은 위기가 찾아올 때, '위기를 기회로 바꾸는 습관'이다. 여기 운동으로 위기를 기회로 바꾼 한 명의 기업인이 있다. 그는 대학교 재학 중 가족과 함께 미국으로 이민을 떠나, 미국에서 선물 딜러, 마을신문 편집장, 한국 식품점 등을 경영했다. 이민을 가기 위해 비행기를 탈 때, 이민 가방을 온통 책으로 채웠다. 그리고 속으로 '언젠가는 가방에 있는 책만큼의 돈을 벌어보겠다'고 다짐했다.

그는 김밥 파는 CEO로 유명한 김승호 대표이자 작가이다. 그는 미국에서 사업을 시도했지만 모두 실패로 끝났다. 조립회사, 증권거래회사, 건강식품 매장 등을 운영했지만, 모두 실패로 끝나 많은 좌절을 경험했다. 그때 그를 다시 일으켜 세운 것은 다름 아닌 '운동'이었다.

김승호 작가의 『김밥 파는 CEO』에 나오는 내용을 소개하고자 한다.

> 내 몸과 마음은 바닥까지 황폐해져 버렸다. 그러나 그토록 여러 번의 반복된 실패 후에 내가 행한 가장 현명한 행동은 운동이었다. 생각을 추스르고 법원과 빚쟁이와 상대하며 주위의 동정과 비난을 버텨내려면 무엇보다도 잘 나온 가슴근육과 팔뚝과 건강한 다리가 필요하다는 사실을 알게 된 것이다. 배짱은 가슴 속에 들어 있는 것이 아니라 가슴 근육 속에 들어 있었다.

나는 걸었다. 처음에는 터벅거리고 때로 비틀거리며 신발은 바닥을 끌었다. 걷기는 재미 붙이기에는 단순하고 지루한 운동이다. 하지만 몸에 무리가 없고 어떤 운동에도 재주가 없는 사람에겐 가장 무난한 운동이다. 게다가 여느 운동과 달리 걷는 동안에는 어떤 문제에 대해 골똘히 생각할 수도 있고 호사스럽게 사색까지도 가능했다.

몸과 마음은 천천히 균형을 유지해 갔다. 꾸준한 걷기를 통해 다리에 힘이 붙기 시작했다. 다리의 힘은 허리와 상체를 든든히 받쳐주기 시작했고, 어느 새 움츠렸던 가슴과 어깨가 펴지며 허리가 곧아졌다. 걷는 모습도 훨씬 당당해졌다. 끌려 다니는 듯 보이던 걸음걸이가 제법 운동하는 모습처럼 보였다. 힘이 남으면 뛰었다. 팔굽혀 펴기를 하고 복근을 만들고 근육을 만들었다. (중략)

사람들은 일상생활 속에서 많은 스트레스에 노출될 것이다. 그 스트레스는 우리가 아무리 건강해도 우리의 건강을 잃게 만들고 파탄에 이르게 한다. 그래서 우리에게 운동이 필요하다. 딱 3개월만 자신을 위한 운동을 시작하자. 건강을 챙기고 자신감도 얻게 될 것이다!

유명인사의 성공 비결 - 운동

(1) 이건희

- 학창 시절 레슬링부에서 운동을 했으며, 삶의 큰 교훈을 배웠다
- 첫째, 자신과의 싸움에서 이기는 마인드를 길러주었다
- 둘째, 목표 설정에 대한 확고한 신념을 길러주었다
- 셋째, 상대를 공략해 이기는 것이야 말로 진정한 승리라는 것을 깨달았다
- 넷째, 레슬링의 룰을 통해 규칙과 원칙의 중요성을 알게 되었다

(2) 정주영

- 독서와 운동 2가지 모두를 직접 실천한 대표적인 인물
- 새벽 4시경에 일어나, 테니스와 각종 운동으로 몸을 풀고, 신문을 읽고 출근했다
- 소학교 시절 배운 인문고전의 배움을 사업에 적용시켰다

(3) 운동을 강조한 역대 대통령과 해외 명문대학교

- 대통령에게 운동능력이 곧 정치능력이라 생각할 정도로 강조했다
- 조지워싱턴(승마와 걷기), 존 애덤스(수영), 시어도어 루스벨트(테니스), 존 F.케네디(수영 등) 등
- 이튼 칼리지는 영국의 지도층과 총리를 배출한 명문 학교이다
- 스포츠를 교육의 우선순위로 두었다(페어플레이 정신, 공동체 의식, 준법정신, 책임감 등)

(4) 우주인이 지구 밖에서 운동한 이유

- 우주에서는 인간의 몸이 여러 가지 변화가 나타난다

- 얼굴이 붓고, 피가 위로 몰려 머리와 목의 혈관이 확장, 허리와 다리가 가늘어 진다
- 뼈에서 칼슘이 빠지고, 뼈와 근육이 약해진다
- 미국 나사에는 운동 리스트가 있다(런지, 푸시업, 턱걸이, 박스 점프, 달리기 등)

(5) 0교시 체육수업이 성적에 준 영향

- 운동이 뇌에 긍정적인 영향을 주며, 학습 성취도를 높이는 효과가 있다(세로토닌, 도파민 증가)
- 미국 일리노이 주 시카고 서쪽에 위치한 '네이퍼빌 센트럴 고등학교'는 0교시 체육수업을 도입
- 아침 7시 10분이면 학생들은, 트레드밀과 고정 자전거를 타며 운동을 한다
- 일리노이 주에서 항상 상위 10위권, 팀스 시험에서 과학 1등, 수학 6등의 결과가 나왔다

(6) 하루 30분 실천할 수 있는 운동

- 하루 30분 동안 할 수 있는 운동으로 걷기를 추천 한다
- 걷기는 허리 통증, 무릎 통증을 완화할 수 있다

(7) 운동과 함께 중요한 영양소

- 탄수화물, 단백질, 지방, 무기질, 비타민(5가지 영양소)
- 5가지 영양소와 함께 중요한 수분(물)

(8) 하루 30분, 실천할 수 있는 습관

- 하루 30분은 운동습관을 만들 수 있는 시간이다
- 하루 30분, 3개월 동안 운동습관을 만들자

PART 4

운동 & 독서 2가지 습관 만드는 방법

01

지피지기면 백전불태

너 자신을 알라.

소크라테스

소크라테스를 떠올리면 '질문'으로 우리에게 익숙하다. 그는 거리에 나가 상대방에게 질문하기로 유명했다. 그의 교수 스타일은 지식을 가르치는 것이 아닌 실마리를 주고 스스로 깨우치도록 도왔다. 그리고 상대에게 질문을 던짐으로써 상대의 무지를 깨닫게 하였다. 왜냐하면, 그가 생각하길 사람이 많은 지식으로 뛰어나다고 한들 결국에는 모르는 것을 알게 된다는 진리를 알고 있었기 때문이다.

나를 아는 게 중요한 이유

이는 습관에서도 마찬가지다. 습관을 만들기 위해서는 나를 아는 것부터 시작할 필요가 있다. 이유는 아래와 같다.

1. 우리의 생각은 개인마다 다르다.
2. 개인별로 취향이 다르다.
3. 시간과 공간에 따라 변화한다.

첫째, 우리의 생각은 개인마다 다르다.

우리는 하루에도 수십 가지 생각을 한다. 아침에는 무엇을 입을지, 무엇을 먹을지, 오늘은 누구와 하루를 보내게 될지 등. 비슷한 공간과 시간 속에 있지만 개인의 생각은 천차만별이다.

둘째, 개인별로 취향이 다르다.

사람들의 체형은 언뜻 보기에는 비슷해 보이지만 각자 다르다. 체형이 큰 사람이 있다면, 체형이 상대적으로 작은 사람이 있다. 몸무게가 많이 나가는 사람이 있는 반면 몸무게가 상대적으로 적게 나가는 사람이 있다. 이는 습관에서도 마찬가지다. 자신이 만들고 싶은 습관이 있는 반면 그렇지 않은 습관이 있을 것이다.

셋째, 시간과 공간에 따라 변화한다.

우리가 하루를 보낼 때, 이동했던 장소와 그 안에서 함께했던 사람들을 떠올려보자. 우리는 장소와 시간에 따라 다른 생각과 감정을 느꼈을 것이다. 이렇게 다양한 공간과 시간 속에 우리가 필요로 하는 능력은 다를 것이다. 그에 맞게 우리의 습관도 시시각각 변화한다.

생각한 길과 실제로 걷는 길은 다르다

처음에는 내가 원하고 희망했던 직장에 입사하면 모든 게 좋을 줄 알았다. 또한, 다른 사람들이 인정하는 좋은 직장에 들어가면 모든 것이 해결될 거라 생각했다. 하지만 이것은 나의 착각이었음을 시간이 지날수록 알게 되었다. 퇴근 후 집에 있다 보면 공허하고 만족스럽지 않은 감정을 느꼈다. 이러한 감정과 함께 평소 부정적인 나 또한 발견할 수 있었다. 이러한 상황 속에서 나는 무엇인가 부족하다는 생각이 들었다. 이러한 나를 알기 위해 시작한 게 질문이다. 나는 스스로에게 질문을 던지기 시작했다. 내가 회사를 다니는 이유, 목적, 성향 등 다양한 질문을 스스로에게 했다. 나는 이러한 질문을 스스로에게 던지며, 조금씩 달라지기 시작했다. 이러한 과정은 습관을 만드는 모두에게 필요할 거라 생각한다.

위와 같이 스스로를 변화시키기 위해서는 몇 가지 방법이 있다. 그 방법은 다음과 같다.

1. 관찰
2. 분류
3. 개발 및 제거

첫째, 관찰을 통해 자신의 현재 상태를 객관적으로 파악하자.

자신의 현재 상황을 파악하기 위해, 하루 패턴을 객관적으로 바라봐야 한다. 하루 패턴을 객관적으로 바로보기 위한 가장 좋은 방법은 하루의 시간을 기록하는 방법이다. 아침에 일어나는 순간부터 잠들기 전까지 하루를 시간 테이블에 맞춰 기록해보자.

둘째, 좋은 습관과 좋지 않은 습관을 분류하자.

개인별 성향에 따라 좋은 습관과 좋지 않은 습관을 가지고 있을 것이다. 하루의 패턴을 관찰하며 자신의 좋은 습관과 좋지 않은 습관을 파악해보자.

마찬가지로 종이위에 자신의 장점, 단점을 기록해보자. 그 중에 장점은 좋은 습관으로 만들 수 있는 기회가 될 것이다.

셋째, 개발 및 제거하자.

장점은 더욱 발전시키고, 단점은 줄이자. 단점을 제거하게 되면 자연스럽게 장점은 부각될 것이다. 이 부각된 장점을 더욱 발전시켜야 한다.

예를 들어, 자신이 독서를 좋아한다고 가정하자. 하지만 늦잠을 자는 이유로 시간이 부족하여 독서를 못한다면, 다음과 같이 해볼 것을 권한다. 일찍 잠들고 일찍 일어나자. 그리고 아침에 단 10분이라도 책을 읽는 습관을 만들자.

나는 운동을 좋아하는 편이다. 새벽 습관을 만들기 전에는 주로 퇴근 후 운동을 했었다. 그 때까지는 퇴근 후 저녁에 하는 운동이 내게 적합한 줄 알았다. 하지만 새벽 운동을 시작한 후로는 생각이 바뀌었다. 저녁보다는 새벽에 하는 운동이 내게 더 적합했다. 새벽 운동을 하면 피곤할거라 생각했다. 하지만 피곤함 보다는 개운한 느낌이 들었다. 그리고 새벽에 하는 운동은 장점이 많았다. 이렇게 나에 대해 알고 운동을 하자 이전보다 꾸준히 오래하게 되었다. 그래서 습관을 만들 때 자신에 대해 알고 시작하는 것이 중요하다. 이유는 다음과 같다.

1. 꾸준히 지속할 수 있다.
2. 나의 숨겨진 가치를 발견할 수 있다.
3. 진짜 습관을 만들 수 있다.

첫째, 꾸준히 지속할 수 있다.

나에 대해 알고 그에 맞춰 한 가지 습관을 만들기 위해 노력한다면, 스스로 지속하고 있는 자신을 발견할 것이다.

둘째, 나의 숨겨진 가치를 발견할 수 있다.

우리에게는 아직 발휘조차 되지 못한 잠재 능력이 있다. 그래서 자신을 알기 위해 다양한 경험과 시도가 필요하다.

셋째, 진짜 습관을 만들 수 있다.

우리는 이미 좋은 습관을 가지고 있을 것이다. 단지 그 습관을 아직 찾지 못했을 뿐이다. 다양한 시도로 나를 알게 되면 진짜 나를 위한 습관을 만들 수 있을 것이다.

'지피지기면 백전불태' 라는 말이 있다.

중국 전국시대에 지어진 병법서 『손자』에서 유래한 말로, 상대를 알고 나를 알면 백번 싸워도 위태롭지 않다는 의미이다. 이 원리는 현대 사회에서도 그대로 적용된다. 나를 알고 상대를 아는 원리는 어느 상황에나 적용시킬 수 있을 것이다. 그 중 우리가 제일 먼저 적용시켜야 할 부분은 '습관'이다. 나의 습관을 알고, 그에 맞춰 나를 위한 습관을 개발하면 이 세상 어느 누구보다 단단한 나를 만들 수 있을 것이다.

02

습관의 기본은 24시간부터 관리하라

자신의 주변 환경에 좋은 습관을 불러일으키는 신호들을 눈에 잘 띄게 배치하라.

『아주 작은 습관의 힘』 중에서

많은 사람들이 시간이 없다는 말을 많이 한다. 우리의 하루는 24시간이다. 24시간을 자세히 살펴보면 그 안에 빈 공간이 존재할 것이다. 이러한 사실을 인식하지 못한 채 시간을 쓰게 된다면, 우리는 착각 속에 빠질 위험이 있다. 분명 나는 바빠 보이지만 실제로는 그렇지 않을 수 있다. 그래서 먼저 시간을 잘 사용하고 있는지 살펴볼 필요가 있다. 우리의 24시간은 짧은 듯 보이지만, 그 시간을 잘 활용한다면 다른 인생이 펼쳐질 것이다. 이러한 시간이 일주일, 한 달, 1년 이상 될 것을 생각한다면 24시간은 결코 작은 시간이 아니다.

영화 '터미네이터'에 주연으로 출연할 수 있었던 이유

직장인에게 퇴근은 반가운 일 중 하나이다. 퇴근 후에는 사무실에서 못한 것을 할 수 있다. 친구를 만나 카페에 가거나, 도서관에서 책을 읽을 수 있고, 체육관에서 운동을 할 수도 있다. 요즘은 퇴근 후 유튜브를 보곤 한다. 왜냐하면 유튜브 영상을 통해 많은 정보를 얻을 수 있기 때문이다. 특히 자기계발과 관련된 정보가 넘쳐난다. 어느 날 영상에서 낯익은 사람에 관련된 영상이 나왔다. 그는 영화〈터미네이터〉의 주인공인 '아놀드 슈워제네거'다.

영상을 통해 알게 된 사실은 그가 시간 관리에 철저하다는 것이었다. 그는 하루에 5시간 운동을 하고, 공사장에서 일을 했다. 그리고 일주일에 4번은 연기 수업에 갔다. 영상을 보고 있자니, 놀라웠다. 왜냐하면 현재 내가 하고 있는 시간 관리 패턴과 비슷했기 때문이다.

그는 영상에서 시간 관리에 대해 다음과 같이 설명했다. 하루 6시간 취침을 하고, 10시간 일하고, 2시간은 출·퇴근 시간으로 사용하면 우리에게는 6시간이 남는다. 6시간동안 무엇을 할 것인지 고민할 필요가 있다. 6시간으로 식사를 할 수도 있고, 사람들과 대화를 하며 보낼 수도 있다. 즉, 6시간을 어떻게 사용하느냐에 따라 인생이 달라질 수 있다.

그 당시 내가 관리한 시간은 7시간 정도 잠을 자고 8시간 일했다. 24시간 중 8시간 일하고 7시간 잠을 자면 15시간을 사용하게 된다. 그럼 24시간 중 9시간이 남는다. 이중 3시간은 식사시간으로 사용했다. 그럼 6시간이 남게 된다. 이 6시간은 자기계발, 출퇴근 시간, 휴식시간 등으로 사용할 수 있었다.

12시 이전에는 잠들어야 했다. 그래야 다음 날 최소 새벽 6시에 일어날 수 있었다. 새벽에 일어나면 몸을 풀고 운동을 했다. 그리고 출근 준비와 식사를 했다. 식사를 마치면 출근을 한다. 출근길에는 영어 듣기를 하며 걸어갔다. 그리고 18시 이후가 되면 1시간 저녁식사를 하고, 21시 또는 22시 정도까지 자기계발을 하고, 내일 출근 준비와 잠잘 준비를 했다.

요리하듯 하루의 시간을 쪼개라

하루를 항목별로 나누고, 그것에 맞춰 살기 시작하자 24시간을 소중하게 관리할 수 있었다. 아래는 하루의 시간을 관리하기 위해 사용했던 방법이다. 내용은 다음과 같다.

1. 종이와 펜을 준비한다.
2. 종이 위에 0시부터 24시까지 적는다.

3. 잠자는 시간, 일하는 시간, 이동 시간, 자기계발 시간 등으로 나눈다.

4. 항목별 시간을 분배한다.

5. 그대로 실천한다.

첫째, 종이와 펜을 준비한다.

종이와 펜을 준비하는 이유는 객관적이고, 정확한 상태를 확인하기 위함이다. 종이 위에 시간과 항목을 적는 것만으로 시간을 관리하게 될 것이다. 계속하다보면 종이와 펜 없이도, 통제가 가능해질 것이다.

둘째, 종이에 0시간부터 24시까지 적는다.

종이를 24개 줄로 나눈다. 줄을 나눌 때에는 컴퓨터 한글문서를 활용하여 나누어도 되고, 수기로 직접 그어도 된다. 일단, 0시간부터 24시까지 적는다.

셋째, 잠자는 시간, 일하는 시간, 이동 시간, 자기계발 시간 등으로 나눈다.

0시부터 24시까지 적은 후 위에서 설명한 것과 같이 그 옆에 항목을 적는다. 예를 들면 취침(7시간), 일(8시간), 이동시간(2시간) 그리고 남은 시간(7시간) 7시간을 어떻게 보낼지 결정하자. 자기계발로 3시간 이상 투자할 수 있다. 자기계발은 독서, 운동, 글쓰기, 취미활동, 경제 공부 등이 될 수 있다.

넷째, 항목별 시간을 분배한다.

항목에 대한 투자시간을 정했다면, 이제 실제적으로 내가 적용할 시간을 정하는 것이다. 예를 들면 취침은(22시-05시), 업무(09시-18시), 자기계발(06-08시, 19시-21시), 출퇴근 시간(08시-09시, 18시-19시) 등 이다.

다섯째, 그대로 실천한다.

실제적으로 적용할 시간을 정했으니, 그대로 실천하는 단계이다. 사실 여기부터가 진짜 습관 만들기의 시작이다. 실천을 해야 더 정확한 나를 위한 습관을 만들 수 있다. 꼭 실천하자.

수동에서 자동화 되어가는 습관 시스템

처음 습관을 만들기 시작할 때는, 단순히 아침에 일찍 일어나는 것으로 시작했다. 일어난 이후에는 스트레칭을 하고 몸을 풀며 단순한 행동으로 이어졌다. 하지만 이러한 작은 행동이 쌓여 지금은 아침에 운동과 독서를 하고, 저녁에는 글을 쓰고 또 독서를 하게 만들었다. 습관은 정말 중요하다. 하나의 습관은 마치 은행의

복리와 같다. 하나의 습관이 완성되면 다른 습관도 만들어진다. 내가 만들려고 하기 보단 만들어진다는 표현이 더욱 어울린다.

이러한 경험을 통해 깨달은 것은 습관은 인생에 정말 중요하다는 것이다.

2가지만 대표적으로 설명하면 다음과 같다.

1. 업무시간은 하루의 일부가 된다.
2. 과거도 현재였고, 미래도 현재이다.

첫째, 업무시간은 하루의 일부가 된다.

많은 직장인이 퇴근 시간이 되면 눈치를 볼 것이다. 하지만 나만의 시간 습관을 만들면 조금 다른 차원이 된다. 업무시간은 하루의 일부일 뿐이다. 즉, 내가 향하는 목적과 꿈을 위해 존재하는 일부이다. 그렇기 때문에 퇴근 후에 내가 할 습관에 더 집중할 힘이 생긴다.

둘째, 과거도 현재였고, 미래도 현재이다.

조금 어려운 표현일 수 있다. 쉽게 말하자면 결국 24시간이란 개념도 나중에는 모호해진다. 우리는 24시간을 나눠서 사용하는 것 같지만, 깊이 파고들면 우리는 현재에서 우리가 해야 할 일을 하는 것뿐이다. 대신 24시간이라는 습관을 통해 좀 더 체계적이고 시스템적인 사고를 하게 된다.

사실 위의 2가지는 독자 분들이 이해하기 어려운 설명일 수 있다. 그리고 조금 당황 할 수도 있지만, 언젠가는 느끼게 될 깨달음이다.

사람들에게는 각자의 어려움이 있다. 성격에 대한 불평, 월급에 대한 불평, 사람들에 대한 불평, 환경에 대한 불평 등. 이러한 불평이 하루 이틀 지나면 어느 새, 1년 동안 불평하는 자신이 되어있을 수 있다. 그렇다. 어쩌면 이러한 불평은 자신이 만든 습관일 수 있다.

이제부터는 하루를 불평 대신 감사함으로 바꿔보면 어떨까 싶다. 직장에 다닐 수 있다는 감사함, 작은 월급이지만 생계를 유지할 수 있다는 긍정적인 생각, 누군가의 단점보다는 장점을 보려는 노력 등 말이다.

그리고 오늘 내가 24시간 하루를 살아갈 수 있음에 감사하고, 24시간을 효과적이고 효율적으로 쓸 수 있다는 생각으로 하루를 준비하고 시작하자. 이러한 생각이 습관이 되어 24시간은 여러분의 24년 후를 행복하게 만들어 줄 수 있을 것이다.

03

나에게 맞는 습관부터 찾자

오늘 시작하지 않은 것은 절대 내일 끝낼 수 없다.

요한 볼프강 폰 괴테

'시작이 반이다'라는 말이 있다. 무엇이든 처음 시작하기가 어렵지 막상 시작하면 뭐든지 해나갈 수 있다는 의미이다. 그만큼 우리는 무엇인가를 시작하기에 망설이는 경우가 있다. 이러한 망설임도 하나의 습관이 될 수 있다. 이러한 습관 속에는 새로운 것에 대해 두려움이 있을 수 있다.

두려움은 새로운 걱정과 고민을 만들어낸다. 하지만 습관은 언제든지 바꿀 수 있다. 우리가 새로운 시도를 위해 한 발짝 다가가는 것이다. 계속되는 시도는 나를 알아가는 과정 중 하나일 것이다. 이러한 과정 속에서 내게 필요한 습관과 좋아하는 습관이 무엇인지 깨닫게 될 것이다.

나에게 맞는 습관 궁합을 찾자

출근 전 시간과 퇴근 후 시간을 활용하여 자기계발을 해야겠다는 결심을 했을 때이다. 출근 전에 습관을 만들기 위해서 가장 먼저 해야 할 게 있었다. 그것은 아침에 일찍 일어나는 것이다. 아침에 일찍 일어나기 위해 다른 성공한 사람들의 습관을 따라했다. 새벽 형 인간이 되기는 쉽지 않았다. 잠에서 깨어나도 매번 다시 잠들었다. 내가 시작한 시간은 4시 30분에서 5시 사이에 일어나는 것이었다. 하지만 오래가지 못했다. 일주일 정도는 일어날 수 있었지만, 잘 지켜지지 않아 결국 시간을 바꿨다. 5시 즈음과 6시 사이로 맞추었고, 빠르면 5시 에서 보통 6시에 일어나기 시작했다. 이러한 과정을 거쳐 아침 일찍 일어나기 시작했다. 새벽에 일찍 일어난 후 부족한 잠은 점심시간을 이용하여 10분에서 15분정도 낮잠을 잤다.

아침에 일어나서 시작한 자기계발은 다양했다. 독서, 필사, 운동, 영어 공부, 자격증 공부, 산책 등 여러 가지를 시도했다. 첫 시도 때에는 아침에 2~3가지 이상 하려고 했다. 너무 욕심을 부린 탓인지, 오래하지 못했다. 하지만 한 가지 깨달은 사실이 있다.

같은 시간대이지만 내가 하는 자기계발에 따라 만족도가 달랐다. 특히 운동을 할 때 많은 만족감을 느꼈다. 새벽에 일어나 독서를 하는 것도 많은 장점이 있었다. 하지만, 새벽에 잠이 덜 깬 탓인지 독서를 하다보면 졸음이 올 때가 많았다. 그리고 한 권을 통째로 읽지 못하는 아쉬움도 생겼다. 이러한 시도 끝에 자기계발에도 나에게 맞는 것이 있음을 깨달았다. 그리고 나에게 맞는 것을 습관화하면 시너지 효과가 크다는 것을 알게 되었다. 그래서 이 글을 읽는 독자 분들 또한 자신에게 맞는 습관부터 찾으라고 말해주고 싶다.

다음은 습관을 찾기 위한 과정이다. 아래의 내용을 참고하길 바란다.

1. 시간 확인 (출근 전, 퇴근 후)
2. 습관화 할 항목 선택
3. 계획 작성
4. 실천
5. 수정
6. 다시 실천
7. 유지 단계

첫째, 자신에게 적절한 시간을 확인한다.

시간은 크게 2가지로 나눌 수 있다. 하나는 평일이고 다른 하나는 주말 및 공휴일이다. 평일에는 직장인이 선호하는 시간대가 있을 것이다. 출근 전 시간이 될 수 있고, 퇴근 후 시간이 될 수 있다. 주말에는 근무, 출장, 주말 업무가 없는 한 자유롭게 사용할 수 있다. 새벽 습관을 만들기 위해서는 부지런해져야 한다. 아침에 잠이 많은 사람은 힘들 수 있다. 퇴근 후 개인 시간이 비교적 자유로운 사람은 퇴근 후 자기계발 습관을 만들어도 좋다.

둘째, 습관화 할 항목을 선택한다.

시간이 정해졌다면, 이제 무엇을 할지에 대한 선택이 필요하다. 항목은 크게 2가지로 나눌 수 있다. 하나는 업무와 관련된 것이다. 다른 하나는 개인과 관련된 자기계발 이다. 업무와 관련된 것은 규정, 보고서, 회계 등과 관련된 것이고, 개인과 관련된 자기계발은 독서, 운동, 자격증 공부 등이 될 수 있다.

셋째, 계획을 기록한다.

항목을 결정했으면, 이제 습관에 대한 계획을 작성하는 단계이다. 습관은 연간 단위, 월간 단위, 주간 단위 형식으로 계획을 구성하면 좋다. 그리고 하루의 시간을 구성하면 된다. 주의할 점은 꼭 종이에 기록하자. 그래야 계획을 세울 때 구체화 되고 실천으로 이어진다.

넷째, 실천한다.

중요한 단계이다. 계획이 세워졌으면 바로 실천해야 한다. 아침에 독서를 했다면, 저녁에는 운동을 한다. 또는 저녁에 독서를 하거나 아침에 운동을 한다. 아침, 저녁에 시간에 따라 항목을 정하여 각기 다른 자기계발을 실천한다. 자기계발이 싫다면 평소 좋아하는 취미활동을 해도 좋다. 중요한 것은 아침, 저녁 시간에 자신에게 맞는 시간을 찾고 그 시간에 자신에게 적합한 습관을 만드는 것이다.

다섯째, 수정하는 단계이다.

실천을 하는 과정 속에서, 자신에게 맞는 자기계발과 맞지 않는 부분이 분류될 것이다. 이것은 마치 조각가가 작품을 만들기 위해 불필요한 부분을 다듬어 나가는 단계와 비슷하다. 내게 맞는 것을 찾는 기준은 실천 후 최적의 컨디션과 긍정적인 기운을 느끼게 해주는 것이면 된다.

여섯째, 다시 실천하는 단계이다.

이제 아침 시간이 적합한지 저녁 시간이 적합한지 대략 알게 될 것이다. 만약에 아침 시간에 운동이 적합한 것을 알게 되었다면, 아침 시간에는 기상과 동시에 무조건 일정한 시간에 운동을 하자.

예를 들어, 주3회 새벽 5시에 일어나 1시간 운동을 하는 게 적합하다면, 무슨 일이 있어도 그 시간에는 운동을 우선순위로 하자. 이렇게 일주일, 한 달, 3개월만 실천하자!

일곱째, 유지하는 단계이다.

여섯 번째 단계를 거쳐, 일곱 번째 단계로 넘어왔다면, 이제 본인에게 한 가지 습관은 만들어졌을 것이다. 만약 독서를 꾸준히 했다면, 하루에 독서를 하지 않으면 무언가 하지 않은 느낌이 들 것이다. 하루에 조금씩이라도 꾸준히 하길 바란다.

7단계로 나누어 설명했지만, 쉽게 말하면 한 가지를 일주일, 한 달, 3달 동안 습관이 만들어질 때까지 꾸준히 지속하는 것이다.

운동선수에게 찾아볼 수 있는 자신만의 최적화된 종목

세상에는 많은 운동선수들이 있다. 선수들은 각각 다른 종목을 선택한다. 그리고 종목에 따라 선수들의 신체, 정신력, 운동 방법 등이 모두 다르다. 이는 육상선수들을 보면 쉽게 이해할 수 있다. 만약에 100m달리기 선수가 마라톤 종목을 뛰게 되면 오래하지 못할 것이다. 반대로 마라톤 선수가 100m달리기 대회에 출전

한다면 기록이 좋지 못할 것이다. 이렇게 자신에게 맞는 종목을 선택해야 선수도 대회에서 성적을 낼 수 있다.

이것은 습관에서도 마찬가지다. 우리에게 적합한 습관이 있을 것이다. 단지 우리가 그것을 인지하지 못했을 것이다. 그동안 작심삼일로 끝이 났다면, 아마 자신에게 맞지 않는 습관을 시도하고 있었을 수 있다.

오늘부터 습관을 만들기 위해 자신에게 맞는 것부터 찾자. 나에게 맞지 않은 옷을 입고 있다면, 하루라도 빨리 바꾸는 편이 나은 것처럼 습관을 만들 때도 내게 적합한 것을 찾고, 내 것으로 만드는 것이 중요하다.

04

목적은 훌륭한 습관을 만든다

목적이 없으면 계획은 어그러질 수밖에 없다.
목적하는 항구의 방향을 모른다면 모든 바람이 역풍일 테니까.

세네카

우리의 삶은 좋은 때가 있고, 좋지 않을 때가 있다. 이러한 때는 우리가 평소 생각하는 것과 연관이 있을 것이다. 긍정적인 생각을 한다면 긍정적인 일이 다가올 것이다. 부정적인 생각을 한다면 부정적인 일이 다가 올 것이다. 그래서 생각은 우리의 삶에 있어서 정말 중요한 것이다. 수능시험을 준비하는 수험생에게 최고의 선물은 수능 만점일 것이다. 직장생활을 하는 직장인에게 좋은 일이란 승진, 연봉 상승, 성과급 등 일 것이다.

좋지 않은 일은 반대 현상일 것이다. 우리의 삶은 이렇게 좋은 순간과 좋지 않은 순간의 연속적인 흐름이라 말할 수 있다. 이러한 흐름은 우리의 일상 속에서 기분을 좋게 할 수도, 좋지 않게 할 수도 있다. 즉, 기분에 따라 일상이 흔들릴 수 있다. 이러한 기분에 흔들리지 않기 위해 우리에게 한 가지 반드시 필요한 게 있다. 그것은 '삶의 방향'이다. 그리고 이 방향으로 가기 위한 '목적'이 필요하다. 목적이 있다면 주변 환경과 감정적인 기복에 얽매이지 않고 목적 달성을 위해 노력할 것이다.

나는 운동습관을 만들기 위해 새벽이면 아침 일찍 기상하여 하루를 시작했다. 나의 체형은 살이 잘 찌지 않는 체형이다. 겉으로 보기에는 약간 왜소해 보이는 단점이 있다. 운동을 하기 전에는 주변에서 말랐다는 말을 했다. 이러한 점을 보완하기 위해 운동을 시작했다.

즉, 나의 목적을 근육 증량으로 잡았다. 기간은 3개월로 아침에 일어날 때면 졸린 눈과 피곤한 몸을 이끌고 많은 고민을 했다. '오늘 하루쯤은 쉬어도 되지 않을까.', '피곤한 몸에 운동을 하면 더 피곤해지지 않을까.' 나 스스로 운동을 하지 않을 변명거리를 만들곤 했다.

이렇게 흔들리는 순간 나를 잡아 준 것은 체중 증감에 대한 목적이었다. 고민되는 순간 마다, 3개월 이후를 상상했다. 1달 정도 지나자 몸에 변화가 나타나는 게 느껴졌다. 이러한 변화는 내가 운동을 지속하게 하는 원동력이 되기 시작했다. 그리고 2달이 지나고, 3달이 되면서 나는 나의 목적을 달성했다. 만약 목적이 없었다면 나는 중도에 멈췄을 가능성이 있다. 그래서 습관을 만들 때 목적은 정말 중요하다.

목적이 중요한 이유는 다음과 같다.

1. 지속할 수 있는 힘의 원동력이다.
2. 습관을 만드는 이유가 된다.
3. 나의 인생과도 연결된다.

첫째, 지속할 수 있는 힘의 원동력이다.

목적이 뚜렷하다면 습관을 만드는 이유 또한 명확할 것이다. 목적은 습관을 만드는 과정 중 닥치는 시련 앞에서도 당당해질 수 있다.

둘째, 습관을 만드는 이유가 된다.

하루 동안 습관을 만들기 위해 아침에 일찍 일어났다고 가정하자. 새벽에 일어나는 것은 쉬운 일이 아니다. 매일 나 자신을 시험하고, 나와의 경쟁이 시작될 것이다. 이러한 상황 속에서 명확한 목표가 있다면, 습관을 만들 때 동기부여가 될 것이다.

셋째, 나의 인생과도 연결된다.

습관이 인생을 만든다는 말이 있다. 그만큼 습관은 인생에 있어 절대적으로 중요하다. '세살 버릇 여든까지 간다.' 라는 말처럼 한번 잘못 들린 습관은 나이가 들어서도 지속될 만큼 위험하다.

또한 목적을 설정할 때는 방법이 필요하다. 잘못된 방법으로 시작한다면 자칫 잘못된 습관이 형성되거나 중도에 포기할 수 있기 때문이다.

습관을 만들기 위해 목적을 정하는 방법은 다음과 같다. 참고하길 바란다.

1. 종이와 펜을 준비한다.
2. 자신이 만들고 싶은 습관 항목을 적는다.
3. 항목 옆에 이유를 한 줄만 쓴다.
4. 마감 일자를 적는다.

첫째, 메모지와 펜을 준비한다.

A4 크기의 종이를 준비한다. 자신이 좋아하는 종이 크기가 있다면 그것으로 해도 무방하다. 되도록 낱장의 종이보다는 한 권의 노트를 준비하여, 노트 안에 깔끔하게 적는 것을 추천한다.

둘째, 자신이 만들고 싶은 습관 항목을 적는다.

종이 위에 자신이 관심 있거나 만들고 싶은 습관의 항목을 적는다. 예를 들면 하루 1시간 운동하는 습관이라고 하자. 그러면 종이에 운동습관이라고 적는다. 구체적인 시간까지 적는다면 더욱 좋다. 적을 때는 정성들여 한 자 한 자 정자로 적도록 노력하자. 글씨를 직접 쓰는 게 불편하다면 컴퓨터로 작성하고 출력하여도 문제는 없다. 하지만 노트를 준비하여 그 안에 적는 것을 추천한다.

셋째, 항목 옆에 습관을 만들기 위한 이유를 적는다.

항목을 적었다면 이것이 왜 필요한지, 왜 내가 이 습관을 만들려고 하는지에 대한 이유가 필요하다. 내가 평소 중요하게 생각하는 것이라면, 이유를 적는 게 어렵지 않을 것이다. 하지만, 이유가 없다면 적는데 많은 어려움이 따를 수 있다. 만약에 이유가 없다면 억지로라도 한 줄을 꼭 적어보자. 그래야 습관을 만드는 과정을 이해할 수 있기 때문이다.

넷째, 마감 일자를 적는다.

마감 일자란, 한 가지 습관을 만들기 위한 마감일을 뜻한다. 되도록 한 달 이상 단위로 정할 것을 권한다. 만약 1달간 지속하기로 결심을 했다면, 일주일 단위로 목표를 설정해도 좋다. 1월 1일 시작하여 1월 31일까지 한다고 가정한다면, 첫째 주, 둘째 주, 셋째 주, 넷째 주 나눠서 단위별 세부 목표일을 나눠도 좋다. 그렇게 1

주씩 지나다보면 1달 후 달라진 자신을 보게 될 것이다.

보통 학계의 연구에서 한 가지 습관이 자리 잡기 위해서는 21일, 66일 정도의 기간이 필요하다고 한다. 나는 경험상 한 가지 습관이 만들어지기 위해서는 최소 1달 정도는 해야 하고, 습관이 내 몸에 자리 잡기까지는 3개월 정도는 필요하다 생각한다. 만약 3개월이 부담된다면 최소 30일만이라도 투자하자.

우리는 차를 타고 어딘가 이동할 때 한 가지 중요한 기계를 장착한다. 그것은 '내비게이션'이다. 우리는 내비게이션이 안내해주는 길을 따라 우리의 목적지를 향해 달려간다.

만약 길을 안내해주지 않는다면, 우리가 목적지로 향하는 시간은 오래 걸리고 방향 또한 잘못된 길로 빠져들 수 있다. 습관을 만들 때 목적은 내비게이션과 같다고 할 수 있다. 목적을 통해 우리는 잘못된 길로 빠지지 않고 우리가 원하는 곳을 향해 달려갈 수 있을 것이다. 그래서 습관을 만들 때 목적이 중요하다.

05

계획을 적고, 에너지를 아껴라!

꿈을 날짜와 함께 적어놓으면 그것은 목표가 되고,
목표를 잘게 나누면 그것은 계획이 되며,
그 계획을 실행에 옮기면 꿈은 실현되는 것.

그레그 S. 레잇

세상에는 많은 종류의 건물이 있다. 건물 중에는 아파트, 단독주택, 목조형태로 된 건물 등 다양하다. 건물들은 건축가의 생각과 철학에 따라 다른 모양으로 지어질 것이다. 때로는 자연과 어울리는 형태로 지을 수 있고, 인접 환경의 목적을 위해 지어질 수도 있다. 이러한 다양함 속에서도 건물을 만들기 위해서는 한 가지 공통된 사항이 있다. 그것은 바로 설계도이다. 건물을 실제로 짓기 전, 반드시 설계도를 그려야 한다. 설계도를 그려야 어떤 형태로 건물을 지을지 예측할 수 있다. 습관을 만들 때도 설계도와 같은 계획이 필요하다. 그리고 그 계획은 반드시 종이 위에 적어야 한다.

대형마트의 사령관은 수첩

나는 마트를 갈 때 한 가지 습관이 있다. 수첩에 무엇을 살지 적는 것이다. 마트를 갈 때 적지 않고 그냥 가게 될 때와 수첩에 한 가지라도 적고 갔을 때 많은 차이를 느끼기 때문이다. 수첩에 내가 사야할 목록을 적는다면 정말 필요한 물건을 사게 된다. 하지만, 수첩에 메모를 하지 않고 가게 되면 필요하지 않은 것까지 사게 되는 경우가 있다.

손바닥만 한 크기의 수첩에는 날짜가 적혀있다. 해당되는 일자의 페이지 펼친 후 내게 필요한 물건을 5분정도 생각하고 필요한 물건이 떠오르면 그 해당되는 페이지 위에 필요한 물품을 적는 것이다. 검은색 또는 파란색 펜을 가지고 노트 위에 내가 필요한 물건을 하나하나 적는다. 예를 들면 사과, 바나나, 닭 가슴살, 우유, 계란을 적는다. 적고나면 머릿속이 정리되는 느낌이 든다.

이렇게 사소한 일상 속에서 내가 무엇인가를 계획할 때 적으면 많은 장점이 있다. 그것은 다음과 같다.

1. 기록으로 기억하지 않아도 된다.
2. 에너지가 절약된다.
3. 실천하게 된다.

첫째, 종이에 적으면 기억을 하지 않아도 된다.

우리의 생각을 적으면 그냥 생각하는 것보다, 오래간다. 우리의 머리는 지능적이고 뛰어나다. 하지만 인간의 두뇌는 한시도 멈추어있지 않고 우리의 환경과 상황 속에서 변화한다. 그러한 상황 속에서 주관적인 생각과 판단이 개입될 수 있다. 하지만 종이에 적는 순간 그것은 객관적인 내용이 된다.

둘째, 에너지가 절약된다.

에너지가 절약된다는 말은, 종이에 기록하는 순간, 불필요한 생각을 하지 않아도 된다는 의미이다. 생각하고 고민하는 순간 우리의 뇌는 에너지를 사용하게 될 것이다. 우리의 뇌는 작은 크기이다. 하지만 이 작은 뇌가 우리 몸 전체의 20%정도의 에너지를 소비한다고 한다. 하지만 종이에 적음으로 이러한 에너지 낭비를 줄일 수 있다.

셋째, 적는 순간 현실화 된다.

우리가 소망하는 것을 종이에 기록하는 순간, 그것은 점점 현실화되어 간다. 이와 관련해서는 예일대의 연구결과가 있다. 자신의 구체적인 목표를 글로 써놓은 집단과 그렇지 않은 집단의 연구이다. 구체적인 목표를 글로 써놓은 집단은 3%정도였는데, 20년 후 그들의 삶은 경제적인 지표로 환산했을 때 3%로의 집단이 나머지 집단보다 많은 부유함을 가지고 있었다고 한다. 종이에 적는 순간 우리는 그것을 시각화하게 된다. 그리고 자연스럽게 우리의 행동에 영향을 미쳐 행동하도록 이끈다.

책 쓰기 도전, 그리고 베스트셀러 작가

우연한 계기로 책을 쓸 수 있는 기회가 생겼다. 책을 쓰면서 과연 출간이 될까 라는 의구심이 들었는데, 그런 순간마다 나를 믿고 책이 출간되고 많이 팔릴 거라 스스로 생각했다. 책을 쓰는 것은 쉽지 않은 작업이었지만 원고를 다 작성하고 투고하였다. 다행히 출판사로부터 연락이 왔고 나의 첫 번째 책 『군대에서 하는 미라클 독서법』이 출간 될 수 있었다.

그리고 나는 출간된 것으로 만족했지만, 이왕 출간된 거 베스트셀러가 되면 좋지 않을까 라는 생각도 들었다. 그래서 인터넷 카페와 종이에 단순하게 베스트셀러 작가가 될 거라고 적었다. 그러던 어느 날, 나의 책을 검색했다. 나는 내 눈을 의심했다. 내 책을 검색하는 순간 빨간 동그라미 모양에 '베스트셀러'라는 글자가 적혀있었다.

첫 번째 책이 거짓말처럼 베스트셀러가 되어 있었다. 비록 판매

실적이 잠시 높아졌기 때문이었지만 기분은 좋았다. 베스트셀러를 생각하고, 말하고, 기록하는 등의 단순한 행동이었지만 현실로 나타났을 때 신기한 감정을 느꼈다. 그래서 우리는 원하는 것이 있다면 생각하고 구체적으로 기록할 필요가 있다.

원하는 것을 생각할 때 주의해야 할 점이 있다. 그것은 긍정의 법칙이다. 우리가 무엇인가를 생각할 때는 긍정적으로 생각해야 한다. 긍정적인 생각은 선택의 문제가 아니다. 선택의 차원을 넘어 반드시 해야 하는 것이다. 이것은 일종의 수학과 같이 생각했으면 좋겠다. 우리가 알고 있는 우주라는 공간과 원리는 선하게 만들어졌다. 그렇기 때문에 부정적으로 생각하는 자체가 우리의 삶과 맞지 않는다고 할 수 있다. 그리고 긍정적인 생각은 좋은 말로 이어질 것이다. 좋은 말은 우리를 선한 행동으로 이어지게 할 것이다.

메모와 관련하여 아주 적절한 표현이 있다.

'어설프게라도 적은 메모는 완벽한 기억보다 낫다'는 것이다. 특히 이는 직장인에게 중요하다 생각한다. 이유는 다음과 같다.

1. 기록으로 남는다.
2. 시간을 아낀다.
3. 성과로 이어진다.

천재가 전화번호를 모르는 이유

회사생활을 하다보면 많은 전화, 주변의 부름 등으로 바쁜 일상을 보낸다. 그럴 때 급하게 전화할 일이 생겨 전화번호를 메모해놨다면 우리의 일은 훨씬 수월할 것이다. 그리고 시간을 절약할 수 있다. 그 절약한 시간으로 우리의 업무성과는 증가한다. 하지만 급하게 전화할 일이 생겨 전화번호를 궁금해 할 때 이것조차 모르는 상황이 발생한다면 우리는 많은 불편함을 겪는다. 그래서 우리는 무엇인가 계획을 세웠다면 반드시 적어야 한다.

아인슈타인과 관련된 유명한 일화가 있다. 언젠가 아인슈타인과 인터뷰하던 기자가 집 전화번호를 물어볼 상황이 생겼다. 보통 사람은 집 전화번호는 외우고 다녔을 테지만, 아인슈타인은 자신의 수첩을 꺼내 집 전화번호를 찾았다고 한다. 이러한 상황에 기자는 놀랐고 아인슈타인에게 물었다.

"집 전호번호를 기억 못 하고 있는 건가요?"

아인슈타인의 대답은 놀라웠다. 그는 집 전화번호 같은 것은 기억을 하지 않는다고 했다. 적어두면 쉽게 찾을 수 있는데, 머릿속에 기억할 필요가 없다는 것이다.

일단 적자! 여러분의 에너지와 시간을 아껴줄 것이다! 아낀 에너지와 시간으로 더 생산적인 활동을 하길 바란다.

06

종이에 적음과 동시에 실천하라

행동가가 되라. 목표를 설정하고도 행동하지 않으면
당신의 목표는 이루어지지 않는다.
가만히 있지 말고 항상 '진보적인 사람'이 되라.

지그 지글러

많은 사람이 무엇인가 하고 싶을 때 망설이는 경우가 많다. 망설이는 이유 중 하나는 마음속으로 걱정을 하기 때문이다. 운동을 하려고 하면, 나는 못할 것 같다고 걱정한다. 영어 공부를 시작하기 위해 학원을 알아보지만, 영어 한 마디 하지 못해 잘할 수 있을지 걱정한다. 이성에게 접근하여 말을 걸어보려고 마음먹지만, 상대방이 좋아하지 않을 것 같아 걱정한다. 하지만 막상 운동을 하기 위해 운동복을 입고 밖에 나가면, 땀을 흘리고 있는 자신을 볼 것이다. 영어 한 마디 못하지만, 학원을 다니다보면 한 문장씩 영어 실력이 늘고 있는 자신을 볼 수 있을 것이다. 걱정과 달리 막상 이성에게 말을 걸면 상대방도 좋아하는 경우가 생길 수 있다.

이처럼 실천하는 순간 우리가 느낀 걱정과 두려움은 사라진다. 그래서 우리는 실천하는 습관을 가져야 한다.

습관을 형성할 때 중요한 2가지

내가 습관을 만들기 위해 시작했던 것은 '시간 관리'와 '리스트 작성' 이다. 시간을 관리하기 위해 새벽에 일찍 일어나기 시작했다. 그리고 내가 희망하고 이루고 싶은 것을 작성하여 A4용지에 적은 후 방안 곳곳에 붙여놓았다. 시간 관리를 위해 새벽에 일찍 일어나고 퇴근 후의 시간도 계획적으로 보내기 시작했다. 아침에 일찍 일어나기 위해 핸드폰 속에 있는 알람 기능을 활용했다. 빠르면 새벽 5시 또는 6시 즈음에 맞춰놓았다. 처음 새벽 습관을 만들 때는 알람이 울려도 쉽게 일어나지 못했다. 이불 속에서 일어나기 싫어 몇 번이나 뒤척이다가 일어나곤 했다.

내가 작성한 리스트 속에는 자기계발 항목을 적었다. 자기계발 항목 안에는 공통적으로 2가지를 적었다. 그것은 운동과 독서이다. 운동은 나의 신체를 향상시키기 위해, 독서는 나의 정신과 마음을 위해서이다. 그 당시 몸 상태가 좋지 않아 운동을 하지 못하고 있었다. 몸을 회복하기 위해 새벽에 일찍 일어나 산책부터 시작했다. 산책을 하면 좋은 점이 많다. 걷기운동을 하고 새벽 시간을 활용하여 생각을 정리할 수 있었다. 단순히 몸을 회복하기 위해 시작한 것이지만 산책의 힘은 놀라웠다. 고요한 분위기, 새벽에만 느낄 수 있는 맑은 냄새, 새해 일출과 같은 태양을 보며 자연의 위대함을 느낄 수 있었다.

또한 떠오르는 태양을 보며 미래를 생각하고, 스스로에게 성공에 대한 확신을 다짐하는 나를 만나게 된다. 산책을 지속할수록 몸이 조금씩 회복되는 것을 느낄 수 있었다. 몸이 회복되자 나는 맨몸운동을 시작했다. 그리고 근력운동을 조금씩 했다. 퇴근 후에는 되도록 신체활동이 적으면서 나의 삶을 개선시킬 수 있는 독서를 했다. 퇴근 후 도서관에 들리거나, 집에 와서 책을 읽곤 했다. 독서를 하며 직장에서 받은 스트레스와 심적 고단함을 잊을 수 있었다. 특히 도서관에서 독서 하는 것을 좋아했다. 도서관의 분위기는 사무실과는 달랐다. 고요하고, 쾌적하다. 고요하니 책에 집중할 수 있고 책에 집중하니 나의 정신과 마음도 회복되는 느낌이 들었다.

이러한 생활이 1주일, 1달, 2달 시간이 지날수록 점점 습관화되는 것이 느껴졌다. 새벽에 운동을 하고 출근했을 때 업무 집중도와 생산성이 높아졌다. 반면 운동을 하지 않을 때는 활력이 줄어드는 게 느껴졌다. 그리고 퇴근 후 독서를 하면 할수록 나의 생각이 긍정적이고 견고해지는 것을 느낄 수 있었다. 특히, 그 당시 읽은 책 중에는 의식과 내면에 관련된 책을 주로 읽었다. 부정적이던 나의 생각과 의식이 점점 잘못되었다는 것을 깨닫기 시작했다. 부정적인 생각과 긍정적인 생각을 이해하고 구분하기 시작했다. 독서의 장점을 깨달으며, 독서는 일상이 되었다. 틈만 나면 책을 펼쳤다.

기록하고 실천하고 또 기록하자

작은 습관이지만 리스트에 적고 실천을 통해, 새벽녘 일출을 보며 미래를 생각하고 자신감을 키울 수 있었다. 퇴근 후에는 책을 읽으며 나의 의식을 긍정적으로 바꾸고 지식을 이해하며 스스로가 발전할 수 있었다.

이러한 습관을 만들기까지 많은 시행착오를 겪었다. 책을 읽는 독자 여러분은 책을 통해 시행착오를 줄여 자신만의 습관을 만들기 바란다.

습관을 만들기 위한 방법은 아래와 같다.

1. 습관 리스트를 작성한다.
2. 리스트를 실천할 시간을 정한다.
3. 즉시 실천한다. (중요)
4. 꾸준히 지속한다.

5. 기간별로 체크한다.

6. 3개월만 버티라!

첫째, 습관 리스트를 작성한다.

A4용지에 자신이 만들고 싶은 습관을 나열한다. 10개 이상은 적자. 그 중에 자신이 가장 만들고 싶은 항목을 선택한다. 항목을 적었다면 그 옆에 시작 일을 적어놓자.

예를 들어, 독서습관과 운동습관이라면 다음과 같다.

예시(1) 독서습관 2021. 1. 1.

예시(2). 운동습관 2021. 1. 1.

또는 SNS상에 사진과 함께 자신이 독서를 시작하거나 운동을 시작한다는 사진과 간단한 글을 적어도 좋고, 일기에 적어놓아도 좋다. 중요한 것은 자신이 언제 시작했다는 것을 꼭 적어놓아야 한다.

둘째, 리스트를 실천할 시간을 정한다.

시간을 정할 때는 자신이 도전하고 싶은 시간대나 지속할 수 있는 시간대를 정하는 게 좋다. 예를 들면 출근 전 새벽 시간과 퇴근 후의 시간을 활용할 수 있다.

예시(1) 출근 전 새벽 시간 05:00-07:00 또는 06:00-08:00

예시(2) 퇴근 후 저녁 시간 18:00-20:00 또는 19:00-21:00

셋째, 즉시 실천한다. (중요)

제일 중요한 단계이다. 종이에 리스트를 적고 실천할 시간을 정했다면, 바로 실천해야 한다. 잘하고 못하고는 중요하지 않다. 시도하는 마음과 정신이 중요하다. 그리고 10분이든 30분이든 무조건 실천해야 한다. 실천을 해야 계획을 점검할 수 있고, 다음 단계로 넘어갈 수 있다. 위의 2단계를 건너뛰더라도 실천 단계는 꼭 해야 한다. 계획을 세우는 것조차 부담으로 느껴지고 싫다면 3단계부터 시작해도 좋다!

넷째, 꾸준히 지속한다.

실천을 시작했으니, 유지하는 단계이다. 유지할 때 가장 좋은 방법은 매일하는 것이다. 매일 하는 게 부담된다면 주2회, 주3회 등으로 꾸준하고 체계적으로 하는 게 좋다. 한번 시작했으니 조금만 참고 지속하는 힘을 키워보자.

예시1) 매일하는 방법(월, 화, 수, 목, 금, 토, 일…)

예시2) 주2회하는 방법(월·수, 월·화, 토·일…)

예시3) 주3회하는 방법(월·수·금, 화·목·토…)

다섯 째, 기간별로 체크한다.

시작한 이후로는 주 단위, 월 단위로 체크하자. 하루하루 확인하다 보면 구체적으로 확인할 수 있는 장점이 있지만, 에너지 낭비가 커서 오히려 중도에 지치고 포기할 수 있다.

예시1) 주 단위: 1월 1주차, 2주차, 3주차, 4주차

예시2) 월 단위: 1개월, 2개월, 3개월

여섯째, 3개월만 버티자!

어느 연구 결과에서 습관을 만들기 위해 필요한 기간으로 21일, 30여일(1개월), 66일, 3개월이라는 결과가 나왔다. 나의 경험상으로는 3개월 정도해야 나만의 습관이 만들어 지는 것 같다. 그러니 습관을 만들기로 시작 후에는 딱 3개월만 버텨보자. 긴 시간 같지만 결코 길지 않다. 3개월간 헬스나 맨몸운동을 한다면 멋진 몸으로 변한 거울 속 자신의 모습이 보일 것이다. 3개월만 꾸준히 독서를 한다면 천재의 뇌세포가 자라나기 시작할 것이다.

예시1) 1월-3월

예시2) 6월-9월

시작이 어렵지, 일단 시작하면 그 다음은 어렵지 않다. 왜냐하면 시작을 하는 순간 끝도 시작되기 때문이다. 이것은 실천을 할 때도 마찬가지다. 계획을 세웠다면, 작지만 행동으로 옮겨야 한다. 작은 실천은 점점 성장하고 발전하여, 우리에게 보답할 것이다. 마치 한 송이 꽃처럼 작은 씨앗으로 시작하지만 꽃은 피어난 이후 아름다움을 우리에게 선물한다.

07

우선순위로 하루 습관부터 만들자

습관이란 인간으로 하여금 어떤 일이든지 하게 만든다.

도스토예프스키

인생을 살다보면 누구나 하나쯤은 중요한 한 가지를 가지고 있다. 그것은 어떠한 물건이 될 수 있고, 사람과 관련된 것일 수 있고, 개인적인 신념이 될 수도 있다. 만약 개인적으로 사람과의 약속 시간을 중요시 한다고 가정하자. 그렇다면 어떠한 약속이 생겼을 경우, 시간을 지키기 위해 한 가지 행동을 취할 것이다. 그것은 아마도 시간을 우선순위로 계획하는 것이다. 그래서 하루의 일과를 계획할 때 사전에 약속한 시간을 지키기 위해 10분에서 20분 정도 일찍 나가 시간 약속을 지키기 위한 행동을 할 것이다. 즉, 시간 약속이 하루의 일과 중 중요한 우선순위가 되는 것이다. 이것은 우리가 습관 만들기 할 때도 동일한 원리로 적용된다. 만약 우리가 하루 중 운동이나 독서하는 습관을 만들고자 한다면 하루의 우선순위를 운동과 독서로 계획하면 된다.

세상에서 가장 무거운 이불을 만날 때

직장생활을 시작하면서 느낀 점이 있다. 출근 시간은 언제나 찾아오지만, 반갑지만은 않다는 것이다. 아침에 눈 뜨면 드는 생각이 있다. 그것은 조금 더 자고 싶다는 생각이다. 이불속에서 한 발자국만 때면 집안 공기는 정말 다르다. 이불 옆으로 한 뼘만 벗어나도 이불 속과는 느낌이 다르다. 그 한 뼘만 벗어나도 잠은 점점 깨어나기 시작한다. 하지만 그 한 발 자국, 한 뼘을 벗어나기가 쉽지 않다. 보통의 이불은 성인이 접었다 피는 동작을 하기에는 그다지 무거운 종류의 물건이 아니다. 한 겨울에 솜이불이 아니고서야 웬만큼은 무겁지 않다. 과거 70년대와는 달리 침대를 많이 사용하는 이 시대에 깔끔하게 이불을 침대 크기에 맞게 접거나, 펴놓아도 된다. 하지만, 아침에 일어난 순간만큼은 이마저도 싫을 정도로 몸이 무겁게 느껴진다.

내가 아침 운동습관을 만들 때에도 이 순간이 제일 고비였다. 새벽 6시 알람이 울리면 알람을 끄고 다시 잠들었다. 그리고 5분

간격으로 다시 울리도록 설정을 해놓았다. 그렇게 5분 후에 다시 울리면 다시 끄고 누워있었다. 물론 머리는 일어나야 한다는 생각으로 가득했지만 몸은 엎드려서 웅크리거나 배 위에 베개를 받침 삼아 엎드리곤 했다. 이렇게 시행착오를 겪으며, 새벽 습관에 운동하는 습관을 만들어 나갔다. 어느 정도 적응이 된 이후에는 알람이 울리면 일단 이불 밖으로 나왔다. 다른 생각은 할 필요가 없었다. 일단 이불 밖으로 몸을 움직여 나오는 게 제일 우선이었다. 그래야 잠에서 조금씩 깨어날 수 있었기 때문이다. 그리고 다음으로 취했던 행동은 빨리 운동복으로 갈아입고 신발장에서 신발을 신고 문밖으로 나가는 것이었다.

운동습관을 만들고 싶다면 일단 신발을 신는 그 자체가 중요하다. 신발을 신으면 자연스럽게 문밖으로 나가게 된다. 밖으로 나가면 일단 걷기 시작할 것이다. 걷다보면 뛰고 싶은 순간이 찾아온다.

지금 생각해보면 나의 뇌에서는 일종의 명령체계가 만들어 진 것 같다. 아침에 일어나면 일단 이불 밖을 벗어난 후 신발을 신고 걷게 만들었다. 즉, 처음에는 의식적으로 내가 행동을 했다. 시간이 지나고 반복될수록 의식이 아닌 자동적으로 행동을 하게 되었다. 처음에는 능동적인 내가 하려고 노력했다면, 시간이 지날수록 내가 노력하기 보다는 내안의 또 다른 내가 되게끔 하는 것을 느꼈다.

하루 습관 만드는 방법

이제는 하루 습관을 만들기 위한 방법을 단계별로 설명하겠다.

1단계: 한 가지 습관을 하루의 우선순위로 놓는다.

2단계: 습관을 실천할 시간을 정한다.

3단계: 그 시간에는 무조건 실천한다.

위의 3가지 항목은 이 글을 읽는 분들이 문장 그대로 최대한 이해할 수 있도록 적은 것이다. 이제 3가지 항목을 더욱 이해할 수 있도록 구체적으로 설명하겠다. 책에서 강조하고 싶은 습관은 운동습관과 독서습관이므로 2가지를 중점으로 설명하겠다.

첫째, 하루의 운동습관 만드는 방법이다. 위의 3가지 단계에 운동을 대입해서 설명을 하면 이해가 쉬우리라 생각된다.

- 1단계: 한 가지 습관을 하루의 우선순위로 놓을 때, 한 가지는 운동이 되는 것이다.
- 2단계: 습관을 실천할 시간을 정하는 것은, 07시 또는 19시와 같이 자신이 실천 가능한 시간을 선택하는 것이다. 위에서 나는 새벽 습관을 예시로 했다. 새벽 시간에 실천하기 어

렵다면 저녁 시간을 활용하자. 가장 좋은 시간대는 해가 중천에 뜬 오후 시간대이다. 하지만 대한민국 사람이라면 오후에 시간을 낼 수 있는 사람은 많이 없을 거라 생각한다. 그래서 새벽 시간과 저녁 시간을 예로 설명했다.

- 3단계: 제일 중요한 단계이다. 실천하는 단계이다. 만약 새벽 7시에 시작하기로 했다면, 새벽 7시에 일어나 무조건 신발을 신자. 그리고 밖으로 나가자. 나가서 동네만 한 바퀴만 돌고 와도 좋다. 중요한 것은 운동을 하기 위해 운동화를 신는 행위 그 자체가 중요하다. 하루의 일과 중 운동화를 신고 밖으로 나가는 행위를 지속하다보면 어느 새 자연스럽게 자신도 모르게 운동하는 자신을 발견하게 될 것이다.

둘째, 하루의 독서습관 만드는 방법이다.

독서습관은 운동습관을 만드는 방법에서 운동화를 책으로 바꾸어서 행동한다고 하면 이해가 쉬울 것이다. 마찬가지로 이해를 돕기 위해 1단계, 2단계, 3단계로 나누어 설명하겠다.

1단계: 독서를 하루의 우선순위로 놓자.
2단계: 책 읽을 시간을 정하자. 새벽 시간이 좋다면 아침 5시에서 7시 사이 편한 시간을 정하자. 저녁 시간이 좋다면 18시에서 20시 사이에 편한 시간을 정한다.

3단계: 마찬가지로 제일 중요한 단계이다. 정해진 시간이 되었다면 무조건 손에 책을 들고 자리에 앉아 책을 펴자. 여기서 한 단어를 읽고, 한 문장을 읽는 것은 중요하지 않다. 문장을 읽기 어렵다면 한 줄의 명언을 읽는 것으로 시작하자. 일단 책을 펴는 행위 자체가 중요하다. 책을 펼치면 한 단어, 한 문장씩 자연스럽게 읽게 될 것이다. 이러한 행동을 하루 이틀 그리고 일주일 정도 지속적으로 하다보면 어느 순간 한 권의 책을 읽고, 매일 책을 읽게 될 것이다.

단계별로 표현해서 복잡하고 어려워 보일 수 있다. 위의 단계를 한 문장으로 표현하면 아래와 같다.

'시간이 되면 운동을 한다.'
'시간이 되면 책을 읽는다.' 이다.

즉, 새벽 7시가 되면 운동화를 신고, 일단 밖을 나가거나 책을 손에 들고 읽는다고 생각하면 된다. 언제나 강조하고 싶은 것은 '실천'이다. 일단 시작하는 것이다. 그래야 습관을 만드는 씨앗을 만들 수 있다.

하루 일과를 돌아보면 많은 일들을 한다. 아침에 일어나서 밥

먹고 직장에 출근하거나 학교에 간다. 직장인이라면 일과 사람들 속에서 정신없는 하루를 보낼 것이고, 학생이라면 학업과의 싸움을 할 것이다. 그리고 하루 일과를 마치고 집으로 돌아오거나 개인적인 생활을 할 것이다. 그 속에서 우리는 성과 없이 소비하는 시간이 분명 있을 것이다. 그리고 어쩌면 우리의 일과 중 이미 나도 모르는 사이 습관화된 생활습관도 있을 것이다. 그것은 아마도 하루 일과 중 우선순위가 되었기 때문일 것이다. 우리가 만들고 싶은 습관도 마찬가지다. 운동습관을 만들고 싶다면 운동화부터 신고 독서습관을 만들고 싶다면 책부터 들자. 운동과 독서 이외에도 만들고 싶다면 그것부터 하루의 우선순위로 올려놓자.

08

333 법칙 & 습관 만드는 방법

습관은 나무껍질에 새겨놓은 문자 같아서
그 나무가 자라남에 따라 확대된다.

새뮤얼 스마일스

세상에는 서로 유기적인 관계의 존재가 있다. 도로 위에 보이는 자동차만 봐도 알 수 있다. 자동차가 있다면 운전자가 있어야 한다. 자동차만 있고 운전자가 없다면 자동차는 그저 고철 덩어리에 불과할 것이다. 또한, 책상이 있다면 자리에 앉을 의자가 필요하다. 책상이 있고 의자가 있음으로 앉아서 책을 읽거나 컴퓨터를 할 수 있다.

이것은 운동과 독서도 마찬가지다. 이 2가지는 서로 유기적인 관계 속에서 시너지를 발생시킨다. 이 2가지는 몸 건강과 정신 건강을 유지시켜준다. 몸과 정신은 서로 각각 분리된 게 아닌 서로 연결된 하나이다. 이제 이 2가지 습관을 만드는 방법에 관하여 알아보는 시간을 가져보자.

운동 & 독서습관 만드는 333법칙

333법칙은 30분, 3일, 3개월을 뜻하는 것이다. 하루에 30분씩, 주3회, 3개월까지 이어가자는 의미이다. 하루에 30분을 하는 이유가 있다. 운동과 독서를 나누어 설명하겠다.

먼저 운동의 경우에는 신체의 에너지 대사 시스템과 관련이 있다. 인간이 운동을 하게 되면 총 3가지의 에너지 대사 시스템 과정이 있다. 쉽게 설명하자면, 30분 이상 운동을 해야 우리 몸속 주요 에너지원을 사용하며 운동효과를 느낄 수 있다. 에너지란 쉽게 말하면, 자동차 연료 같은 의미라 생각하면 된다.

독서의 경우도 30분으로 시간을 정한 이유가 있다. 30분은 긴 시간 같지만 결코 길지 않다. 마음 같아서는 1시간을 권하고 싶지만, 1시간이라는 시간은 자칫 시작도 하지 못하게 만들 것 같은 느낌이 들어서 30분으로 줄였다. 그리고 30분은 하루 식사 시간 전이나 후에 10분만 투자하면 되는 시간이다. 아침 식사 10분, 점심 식사 10분, 저녁 식사 10분씩 3번만 실천하면 하루 30분 독서를 할 수 있다.

주3회는 우리가 운동을 할 때 운동의 효과와 관련 있다. 한 번 운동을 하면 그 효과는 약 2일 정도 지속된다. 즉, 월요일 날 운동을 했으면, 화요일까지 영향이 지속되고, 수요일부터는 영향이 줄어든다. 이러한 이유로 주3회 운동을 권한다. 일주일에 최소로 권장하는 사항이니, 3일 이상 최대 5일까지 하는 것을 권한다. 미국의 경우는 일주일에 5일을 권장한다. 그만큼 운동의 중요성을 알고 있는 것이다. 5일 이상은 개인의 컨디션에 따라 할 것을 권한다. 몸이 좋지 않거나 컨디션이 좋지 않다면 쉬거나 독서로 대체하는 것이 좋다.

독서는 조금 다른 이유가 있다. 독서는 아직, 많은 사람들이 즐겨하지 않는다. 그래서 어쩔 수 없이 주3회로 권한다. 마음 같아서는 일 년 365일 매일 읽을 것을 권하고 싶다. 하지만 처음부터 강하게 권한다면 아무도 독서습관을 만들고 싶어 하지 않을 것 같아서, 주3회로 정하였다.

3개월은 습관과 관련이 있다. 3개월이란 기간은 운동과 독서 모두 해당하는 내용이다. 보통 하나의 습관을 형성하기 위해서는 21일부터 3개월 정도의 시간이 필요하다는 연구결과가 있다. 경험상 3개월 정도 꾸준히 해야 성취감도 느껴지고 누군가에게 말할 때에도 자신감이 붙는다. 물론 21일, 30일, 66일 정도로도 사람에 따라 습관이 형성될 수 있을 것이다. 사람에 따라 다르겠지만 나의 경험상 3개월은 채울 것을 권하고 싶다. 3개월이라고 해야 100일이다.

운동 & 독서 습관 만드는 방법

운동과 독서 습관을 만드는 방법은 아래 2가지 방법이 있다.

1. 하루에 운동과 독서를 동시에 하는 방법
2. 하루씩 번갈아 가면서 하는 방법

첫째, 하루에 운동과 독서를 동시에 하는 방법이다.

하루에 운동과 독서를 동시에 하는 방법은 기본적으로 아침 시간과 저녁 시간을 나누어서 하는 방법이다. 하루에 운동과 독서를 병행하는 방법도 여러 방법이 있지만, 이해를 돕기 위해 기본적인 방법으로 하면 다음과 같다.

예를 들면, 아침에 30분 운동을 했다면 저녁에는 30분 독서를 하는 것이다. 반대로 아침에 독서를 30분 했다면 저녁에 30분 운동을 하는 것이다.

둘째, 하루씩 번갈아 가면서 하는 방법이다.

두 번째 방법은 하루씩 운동과 독서를 번갈아 하는 방법이다. 두 번째 방법은 하루에 2가지를 병행하기 어렵거나 부담스럽다면 두 번째 방법을 선택하는 것이 좋다.

예를 들어, 월요일 날 운동 30분 했다면, 그 다음날인 화요일 날은 30분 독서를 하는 것이다. 그리고 수요일 날 다시 30분 운동, 목요일 날 30분 독서를 하고 금요일과 토요일 같은 방법으로 번갈아 가면서 하는 것이다. 물론 월요일 날 독서를 하고, 화요일 날 운동을 해도 좋다.

습관을 만들기 위해 무슨 운동과 책을 읽어야 하나?

많은 사람들이 새해가 되어 다짐하는 것 중에는 다이어트, 독서 그리고 영어 이렇게 3가지 중 한 가지는 대부분 포함할 것이다. 하지만 연초에 시작과 동시에 끝을 보는 안타까운 상황이 발생한다. 처음 다짐한 것을 지속하지 못한 이유는 무리하게 욕심냈거나 성취하기 어려운 것을 했을 거라 생각한다. 사실 운동과 독서라는 게 어렵게 생각할 게 아니다. 단순하고 쉽게 접근해야 한다. 이 책에서 설명하고 싶은 것은, 운동과 독서습관을 만들어 점진적으로 발전하고 삶의 변화를 가지는 데 있다. 어디 스포츠 대회를 나가거나 독서 대회에 나가는 것이 아니다. 중요한 것은 습관을 만드는 것이다.

자, 그럼 이제 여러분에게 습관을 만들 때 유용한 운동과 책을 추천하고자 한다. 그것은 다음과 같다.

1. 운동은 걷기
2. 독서는 명언

첫째, 운동습관은 걷기로 시작하자.

걷기가 무슨 운동이냐고 웃는 사람이 있을 수 있다. 하지만 걷기는 인류 최고의 운동일 정도로 정말 좋은 운동이다. 걷기 운동이 좋은 이유는 효과성과 효율성을 가지고 있고 안전하다. 우리는 본능적으로 기분이 좋지 않거나 우울하면 산책하고 싶은 마음이 든다. 이것은 우리 유전자 깊숙이 선조로부터 내려온 본능에 가깝다. 하지만 요즘에는 이 걷기마저 하지 않는 사람들이 너무나 많다. 또한, 걷기는 어렵지 않고 누구나 할 수 있다. 그리고 걷는 동안 사람들과 대화를 할 수 있고, 돈도 들지 않는다. 누군가에게 레슨비를 주고 배울 필요가 없다. 걷기가 적응이 되면 달리기를 해도 좋고, 한 가지 종목을 선택하여 배워도 좋다. 그리고 습관이 되면 30분 이상 하고 있는 자신을 보게 될 것이다. 중요한 것은 운동하는 습관을 만드는 것이다.

둘째, 독서는 명언으로 시작하자.

많은 사람들이 독서보다 핸드폰을 좋아하는 이유가 있을 것이다. 아마 핸드폰이 더 재미있고 자극적이기 때문일 것이다. 그리고 궁금한 내용이 생길 경우 즉각적으로 해소할 수 있다. 그에 비해 독서는 지루한 면이 있다. 그래도 더욱 책을 가까이 해야 할 필요가 있다.

처음 시작은 명언으로 시작하자. 명언은 사람의 마음을 움직이게 하고, 인생의 고비마다 정신적인 에너지를 얻을 수 있다. 그리고 문장이 짧다. 짧아서 책의 페이지를 넘기는 재미를 느낄 수 있다. 명언으로 한 줄, 한 장, 한 권씩 읽다보면 자연스럽게 시간이 생길 때 책을 읽게 될 것이다. 그러면 이때부터 자신이 읽고 싶은 책을 선택해서 읽도록 하자. 중요한 것은 독서하는 습관을 만드는 것이다.

인류가 태어난 이후로 의식주는 우리 삶의 필수적인 것이다. 밥을 먹고, 잠을 자고, 옷을 입고 생활한다. 이것은 우리 삶의 일부이면서 때론 전부가 될 수도 있다. 밥을 먹지 않는다면 우리는 병들 수 있고, 잠을 자지 않는다면 매사 피곤할 것이다. 만약 옷을 입지 않는다면 계절별 추위와 더위에 시달리게 될 수 있다. 그 만큼 의식주는 우리 삶에 중요하다. 하지만 이러한 의식주가 충족되어도 우리의 삶은 어딘가 병들 때가 있다. 기분이 우울하고, 괴로

우며 일상이 싫어질 때가 있다.

그래서 우리에게는 독서와 운동하는 습관이 필요하다.

독서와 운동을 통해 정신을 올바르게 세우고, 건강하고 튼튼한 신체를 만들자.

운동과 독서, 2가지 습관을 만드는 방법

(1) 나를 아는 것부터 시작하자

- 하루의 일정을 시간별로 종이에 기록한다
- 나의 좋은 습관과 좋지 않은 습관을 기록해 본다
- 기록을 통해 현재의 나의 상태를 객관적으로 바라보자

(2) 하루 24시간부터 관리하자

- 종이와 펜을 준비해 0시부터 24시까지 기록한다
- 시간을 항목별로 나눈다(잠자는 시간, 일하는 시간, 이동 시간, 식사 시간 등)
- 그 후, 남는 개인시간을 확인하고 확보한다

(3) 나에게 맞는 습관부터 찾자

- 확보한 시간에 어떤 습관을 만들지 주제를 정한다
- 종이에 내가 만들고 싶었던 습관을 리스트로 적는다
- 계획을 작성한다
- 계획에 맞춰 일단 시작한다
- 시작하면서 상황에 맞춰 계획을 수정한다
- 수정한 계획에 맞춰 다시 시작한다
- 계획과 수정 과정을 반복하면서 내게 적합한 것을 찾는다

(4) 습관을 만드는 목적을 세우자

- 종이와 펜을 준비한 후 습관을 만들고 싶은 항목을 적는다
- 항목 옆에 습관을 만들고 싶은 이유를 적는다
- 그 습관을 실천할 마감 일자를 적는다

* 일주일 - 1달 - 2개월 - 3개월 까지 기간을 점점 늘려나갈 것을 추천

(5) 계획을 세울 때는 반드시 종이에 적는다

- 시작일, 종료일
- 습관을 만드는 목적과 이유를 적는다
- 0~24시간에 맞춰 일과를 항목별로 적는다

(6) 종이에 계획을 기록했다면 실천하자

- 일단 기록한 계획에 맞춰 즉시 시작한다
- 계획이 적힌 종이를 집안 곳곳에 붙여놓으며 자주 본다

(7) 하루의 우선순위를 정하자

- 만들고 싶은 습관을 하루의 우선순위로 놓는다
- 습관을 실천할 시간을 정한다
- 그 시간에는 무조건 실천한다

(8) 333법칙을 머릿속으로 기억하며 꾸준히 실천하자

- 하루 30분, 일주일에 3회, 3개월간 지속

PART 5

습관을 통해 지금의 인생을 만났다

01

일상의 위기는 성장의 원동력이 되었다

길을 가다가 돌이 나타나면 약자는 그것을 걸림돌이라고 말하고,
강자는 그것을 디딤돌이라고 말한다.

토마스 칼라일

과거 예능 프로그램에서 대한민국의 국민MC로 불리는 개그맨 유재석 씨가 위기에 관하여 다음과 같이 말했다.

"진짜 위기는 위기인데도 위기인지 모르는 것이다. 하지만 더 큰 위기는 위기인지 알면서도 아무것도 하지 않는 것이다."

위기 속에 숨겨진 위대한 기회

우리가 살아가다보면 예상하지 못한 위기로 인해 좌절 할 때가

있다. 학업성적이 생각만큼 오르지 않거나, 스포츠 경기력이 연습만큼 따라주지 않을 때, 시험 성적이 부족하여 아쉽게 떨어진 경우 등. 이러한 위기는 스스로 더욱 노력하게 만드는 기회가 될 수 있다. 반면 성적이 예상보다 높게 나오고, 성과가 좋아 메달을 획득한 순간은 좋을 수 있으나, 오히려 위기가 될 수 있다. 그래서 위기에는 나를 조금 더 성장시키고 발전시키는 기회가 숨겨져 있다.

취업준비생 시절, 입사지원서를 제출 할 때마다 탈락의 고배를 마셔야했다. 다행히 서류전형에 합격해도 면접에서 탈락하기도 했다. 탈락을 할 때면 나의 문제점이 무엇인지 돌이켜보며 보완하려고 노력했다. 보완하는 과정 속에서 많은 좌절을 겪기도 했다.

마지막이라는 생각으로 현재의 직장에 입사지원서를 내고 최종면접에 합격하였다. 합격 통지 후 나는 기쁜 마음으로 가족에게 소식을 전했다. 입사 후 자신감 넘치는 모습으로 출근했다. 출근 후에도 나는 무슨 일이든 잘할 수 있다는 자신감으로 직장생활을 했다. 처음에 내게 맡겨진 업무를 처리하며 나는 스스로 잘하고 있다고 생각했다.

하지만 이러한 생각은 나의 착각이었다. 조직에서 1명이 갑작스럽게 퇴사를 하고 팀원 중 한 명이 다른 팀으로 가게 되었다. 팀원이 이동하며 조직의 업무가 전체적으로 조정되었다. 나의 업무도 전체적으로 변동되었다. 업무가 변동되면서 그동안 나는 착각 속에 살았다는 것을 깨달았다. 나는 많이 부족했고, 더 많은 노력이 필요했다. 즉, 나에게 위기가 찾아온 것이다.

지금 돌이켜보면 내가 입사한 이후, 스스로 자신감에 차있었던 시절부터 위기는 찾아오고 있었는지 모른다. 그 사건 이후 변경된 업무와 함께 나의 업무 패턴도 바뀔 수밖에 없었다. 나는 새벽 시간에 일찍 출근하여 단순한 업무의 경우 미리 해결하기 위해 노력했다. 퇴근 시간 이후에는 야근을 하며, 업무 시간에 끝내지 못한 업무를 시작했다. 위기가 찾아오며 또 다른 위기도 찾아왔다. 자존심 강한 성격은 대인관계에 있어서 원만하지 못하게 만들었다. 이러한 과정 속에 나는 스스로를 의심하기도 하고, 나의 미래를 고민하기도 했다.

그렇지만 나는 포기할 수 없었다. 현재 맡은 업무는 무조건 끝장을 낸다는 각오로 다시 시작했다.

지금 힘들다는 것은 미래를 위한 연금저축

하루하루 위기 속에서 나는 생존을 위해 노력했다. 업무와 관련된 규정, 법률에 관해서는 최소 7번은 보려고 노력했다. 이해하기 어려운 내용의 경우는 내가 필요할 때 바로 찾을 수 있도록 포스트잇을 붙여놓았다. 이렇게 나는 조금씩 위기를 기회로 바꾸고 있었다. 시간이 흐르며, 후임 직원이 들어왔다. 그리고 나는 승진도 했다. 그때 공부한 규정과 업무는 지금의 위치에서 많은 도움이 되고 있다.

돌이켜 보면 그 당시 하늘에서 내게 필요한 것을 고난으로 가장하여 선물로 내려주신 것 같다. 그때 나는 분명 위기였지만, 그 위기를 극복해야겠다는 생각으로 가득했다. 그리고 놀라운 사실은, 그 시절에 지금의 습관이 시작되고 있었다. 새벽에 일찍 일어나는 것, 독서하는 것, 운동하는 것 모두 그 시절에 시작했다. 더 놀라운 사실은 그 당시 평생 하지 않았던 기도를 하며 나의 생각과 마음을 돌아봤다는 것이다.

만약 내게 위기가 찾아오지 않았다면, 나는 지금까지 착각 속에 살고 있었을 것이다. 나는 일을 잘하고 있다는 착각 속에 더 큰 위기를 맞이하여 허우적거렸을 것이다.

위기와 관련하여, 마더 테레사는 다음과 같이 말했다.

"살아가면서 장애물에 직면하면 그것은 신이 내려주신 선물이라고 생각하고 그 안에 무엇이 들어 있는지 기쁜 마음으로 풀어보세요."

위의 문장은 현대에 살아가는 직장인, 학생, 취업준비생 등 각종 위기와 장애물로 고통 받고 있는 사람들에게 필요한 문장이라 생각한다. 과거 위기로 힘들기만 했던 시절은 위기는 그저 위기이고 고통스럽게만 느껴졌다. 생각은 부정적이고, 그 부정적인 생각은 더욱 부정적인 생각을 끌어와 현실에 나타났다. 하지만 습관을 고치고, 새벽에 일어나 운동을 하고, 시간을 만들어 독서를 했다. 독서와 운동을 지속적으로 하자 습관이 되었다. 이 습관은 현재의 위기를 극복하게 해주었고, 성장과 성숙이라는 선물로 내게 찾아왔다. 이러한 사실을 깨닫고 느끼며, 내게 고난은 더 이상 고난 이상의 것이 아니었다.

고난은 고난이 아니다

고난은 이제 성장이 시작되는 신호탄이다. 그리고 독서를 하며 깨닫게 된 사실이 있다. 새벽에 일찍 일어나는 습관은 성공하는 사람 대부분이 실천하고 있는 습관이라는 것이다. 성공하는 사람들은 독서습관과 운동습관 2가지를 모두 가지고 있었다. 그래서 이글을 읽는 독자 여러분에게 꼭 말해주고 싶다. 위기는 가면을 쓴 채 우리에게 다가 온다는 것을 말이다. 고난이 찾아오면 다음과 같은 과정으로 극복 할 것을 권한다.

1. 위기의식을 가진다.

2. 위기를 부정하지 않고 받아들인다.

3. 새벽에 일찍 일어난다.

4. (새벽)운동을 하거나 독서를 하며 나를 돌아본다.

5. 하루 3식을 챙겨먹는다.

6. (저녁)하루 시간을 내어 독서를 하거나 운동을 한다.

그리고 반복한다. 반복 하다보면 습관이 되어있을 것이다. 그 습관은 여러분을 새로운 자신으로 이끌어 줄 것이다.

세상에는 언제나 위기가 존재한다. 학생은 성적이 기대만큼 나오지 않을 때 위기의식을 느끼고, 운동선수는 실력 향상이 연습한 만큼 되지 않을 때 위기를 느낀다. 하지만 위기(危機)라는 한자를 보면 그 속에 엄청난 뜻이 숨겨져 있다. 하나는 위험을 뜻하고, 다른 하나는 기회를 뜻한다. 즉, 위기 속에 기회가 있다는 뜻이다.

우리는 살아가면서 위기를 언제나 맞이할 것이다. 그때 위기를 기회로 알아차리고 어떤 준비를 하느냐의 따라 우리의 인생은 달라질 것이다.

지금 이 책을 읽기 시작한 순간 여러분을 위한 새로운 기회는 출발했을 것이다.

02

하루 1장 환경습관이 인생 전체를 바꾼다

당신은 결코 독서보다
더 좋은 방법을 찾을 수 없을 것이다.

워런 버핏

『아주 작은 습관의 힘』의 저자 제임스 클리어는 좋은 습관을 만들기 위한 방법으로 '환경 설계'를 소개했다. 환경 설계란, 우리 주변에서 흔히 볼 수 있는 물건, 환경 등이 인간의 행동에 영향을 준다는 것이다. 그래서 이러한 물리적 환경을 다시 구성한다면 좋은 습관을 만들 수 있다고 한다. 예를 들면, 건강한 식습관을 만들고 싶다면, 우리 눈앞에 과일, 채소 등을 섭취 할 수 있도록 환경을 구성해야 한다는 것이다. 우리 몸을 건강하게 만드는 음식 대신 과자, 인스턴트 종류의 음식이 식탁 위에 있다면 몸은 자연스럽게 인스턴트 종류의 음식을 먹게 된다는 것이다. 건강한 식습관을 위해서는 식탁 위에 과일, 채소 종류의 음식을 올려놓아야 한다. 그러면 우리는 자연스럽게 몸에 좋은 음식을 먹게 된다는 의미이다.

독서습관을 위한 환경설계

이것은 우리의 독서에도 연관이 있다. 우리가 독서습관을 만들기 위해서도 '환경설계'가 필요하다. 아침에 일어나면 책을 바로 보이는 곳에 놓는다거나, 화장실, 주방 등에 방안 곳곳에 책을 비치하는 것이다. 이렇게 책을 비치한다면 우리는 자연스럽게 책을 손에 들게 될 것이다. 이러한 행동이 반복되면 우리의 뇌는 그 위치와 상황을 반복함으로써 하나의 습관으로 인식할 것이다.

나도 독서하는 습관을 만들기 위해 집안을 독서하는 환경으로 만들었다. 나는 아침에 일어나면 물을 마시고, 화장실을 가는 버릇이 있다. 그래서 화장실 캐비닛 안쪽에 한 권의 책을 넣어 놨다. 책은 운동과 관련된 책이었다. 한 번쯤은 처음부터 끝까지 읽고 싶었던 책이었지만, 계속 미루는 습관이 있었다. 책을 다 읽기 위해 화장실 캐비닛 안쪽에 넣어 놨다. 그리고 화장실 갈 일이 생길 때면 책을 펼쳤다. 처음에는 1페이지만 읽자는 생각으로 책을 펼쳤다. 놀라운 것은 1페이지만 읽으려고 했지만 2페이지, 3페이지 이상 읽고 있는 나를 발견했다. 매일 1페이지 이상 읽다보니, 어느덧 한 권의 책을 다 읽게 되는 경험을 하였다.

그래서 아침 독서습관을 만들 때도 하나의 법칙이 있는 것을 발견했다. 그것은 아래와 같다.

1. 읽고 싶은 책을 준비한다.
2. 아침 시간 나의 행동습관을 파악한다.
3. 책을 읽도록 환경을 구성한다.

첫째, 읽고 싶은 책을 준비한다.

독서를 시작하려면 책이 필요하다. 책 중에서는 자신이 읽고 싶은 책을 선택하는 게 좋다고 생각한다. 책은 서점에서 구매한다. 만약 책값이 부담된다면 도서관에서 대출을 하자. 도서관에서 책을 빌릴 때는 사전에 해당 도서관 홈페이지에서 책을 대출할 수 있는지 검색하고 이동하자.

둘째, 아침 시간 나의 행동습관을 파악한다.

잠자리에서 일어나면 어떤 행동패턴이 있는지 확인해보자. 하루의 패턴을 종이에 적거나, 머릿속으로 떠올려보자. 정확한 확인을 위해서는 종이와 펜을 가지고, 아침 시간대 자신의 행동 패턴을 점검하는 편이 좋다. 파악하는 동안 좋은 행동과 나쁜 행동을 구분하자. 좋은 행동 속에서 독서환경을 준비한다면 더욱 효과적일 것이다.

셋째, 책을 읽도록 환경을 구성한다.

아침 시간에 독서습관을 만드는데 중요한 단계이다. 자신의 행동을 확인했다면 이제 환경을 구성해야 한다. 만약 나쁜 행동을 한다면 나쁜 행동을 하지 않도록 해야 하고, 좋은 행동 패턴으로 확인된다면 그에 맞춰서 환경을 조성하면 된다.

아침에 일어나 차(Tea)를 마시는 행동패턴이 있다고 하자. 차(Tea)는 주방 식탁 위에 놓여있다. 그러면 책을 차(Tea)가 있는 옆에 같이 올려두자. 그러면 아침에 일어나서 차(Tea)를 마시기 위해 식탁으로 이동하여 의자에 앉을 것이다. 우리는 차를 마시며, 책의 제목을 보게 될 것이다. 책의 제목을 읽는 순간 차를 마시며 독서를 할 확률이 높아진다.

새벽에 만들어진 독서습관은 아침 시간 이후에도 이어진다. 점심시간 때 책이 보이면 자연스럽게 책에 손이 갔다. 예전에는 식사 전이나 중간에 책을 읽는 건 생각조차 하지 않았다. 그리고 책을 읽으며 식사하는 것 자체를 좋아하지 않았다. 독서습관이 생기면서 밥을 먹을 때도 독서는 자연스럽게 이어졌다. 퇴근 후에도 독서는 이어졌다. 업무로 스트레스를 받거나 기분이 좋지 않을 때

오히려 책을 읽고 싶어졌다. 퇴근길에는 도서관에 들러 책을 읽고 사색했다. 이러한 과정 속에서 책과 더욱 가까워지기 시작했다.

독서습관이 주는 혜택

독서습관이 만들어지며 많은 장점과 효과를 체험할 수 있었다. 그것은 다음과 같다.

1. 부지런함
2. 내면의식 변화
3. 성장

첫째, 일상 속에서 부지런해 졌다.

보통 부지런하다는 표현은 아침에 일찍 일어날 때 사용한다. 독서습관이 생기자 책을 읽기 위해서라도 내가 맡은 업무를 일찍 끝내려고 노력했다. 그리고 책을 읽기 위해 1분 1초를 아껴야 한다는 생각으로 하루를 시작하고 마쳤다. 아침 시간에도 잠으로 시간을 낭비하기 보다는 1장이라도 더 읽자는 생각으로 일찍 일어났다.

둘째, 내면의식의 변화가 생겼다.

독서하기 전에는 온갖 부정적인 생각과 걱정거리로 가득했다. 하지만 독서를 시작하고 변화가 생겼다. 많은 책 중에서 내면의식과 관련된 책을 읽기 시작했다. 부정적인 생각과 걱정은 내 마음속에서 생긴 잘못된 것이었다. 이러한 잘못된 생각은 현실에서 고난을 끌어당기고 있었다. 이러한 사실을 깨달은 후로는, 긍정적이고 희망찬 생각을 하려고 노력했다.

쉬운 예로 우리가 컵 안에 물이 반쯤 담겨있다고 하자. 누군가는 반만 차있다고 생각할 것이고, 다른 누군가는 반씩이나 차있다고 생각할 것이다.

셋째, 성장한다.

모든 사람에게 중요한 부분이라 생각한다. 4차 산업혁명과 AI 시대라 불리는 미래가 점점 다가오고 있다. 기존의 낡은 지식과 생각은 미래에 살아남기 힘들다. 이러한 관점에서 독서는 우리의 생각을 깊고 넓게 해주는 양식과 같다. 경제적인 지식이 부족하다면 경제와 관련된 책을 읽자. 부와 관련된 지식을 갖고 싶다면 부와 관련된 책을 읽으며 우리는 더 나은 삶을 향해 나아갈 수 있을 것이다.

옛말에 '수적천석(水滴穿石)' 이라는 말이 있다. 물방울이 바위를 뚫는다는 뜻이다. 즉, 작은 노력이라도 끈기 있게 지속한다면 큰일을 해낼 수 있다는 의미이다.

이는 우리가 책을 읽을 때도 마찬가지다. 하루 1장으로 시작한 독서이지만, 1장은 2장이 되고, 2장은 4장으로 넘어가며 이내 한 권의 책을 읽게 된다. 이 한 권은 두 권이 되고 자연스럽게 '독서습관'으로 자리 잡게 된다. 독서습관은 곧 우리의 생각과 의식을 넓혀 성공이라는 보물로 보답할 것이다.

03

당신은 세계 최고의 리더가 될 수 있다

운동을 위해 시간을 내지 않으면
병 때문에 시간을 내야 하게 될지도 모른다.

로빈 샤머

세계 리더들의 공통적인 특징

세계적으로 유명한 리더들에게는 한 가지 공통점이 있다. 그것은 열정이다. 그들은 저마다 한 가지씩 열정적인 모습으로 스스로를 관리한다. 그 중에 한 가지가 '운동'이다. 열정을 운동으로 실천하는 대표적 인물이 있다.

맥스 미디어의 『스포츠는 세상을 바꾸는 힘이다』라는 책에는 리더들의 성공 비결에 대해 다음과 같은 이야기를 하고 있다.

오바마 전 대통령의 경우는 농구를 통해 자신감을 찾았다. 사르코지 프랑스 대통령의 경우에는 강인한 체력을 키우기 위해 조깅을 했으며, 중국의 국가주석이었던 후진타오는 탁구를 통해 외교를 펼쳤다고 한다. 이렇게 세계의 리더들도 운동의 중요성을 알고 실천했다. 이렇게 운동을 위해 하루 30분만 나를 위해 투자하는 시간을 만들어 보자.

내가 사업부서에서 근무하던 시절, 출장을 가게 되었다. 출장은 약 일주일 남짓이었다. 그 당시 근력운동을 하며 몸을 관리하고 있던 시절이라 출장 중이었지만 운동을 하기 위해 새벽에 일어났다. 운동복으로 갈아입고 밖으로 나가자 쌀쌀한 공기가 느껴졌다. 계절은 가을이었지만 새벽과 저녁의 일교차가 심했다. 나는 운동을 할 수 있는 기구가 설치된 공원으로 향했다. 간단한 스트레칭을 끝내고 근력운동을 하기 시작했다. 철봉에 매달린 후 팔을 당겨 가슴이 철봉에 닿도록 하였다. 그러던 중 갑자기 '우두둑'하는 소리가 등 뒤로 들려왔다. 소리가 들렸을 때는 크게 신경을 쓰지 않았다. 그리고 운동을 끝내고 숙소로 돌아왔다. 하지만 그날 이후 등 부위에서 통증이 느껴지기 시작했다. 병원에 가서 진단을 받았지만, 신경과 뼈에는 이상이 없었다. 하지만 나는 날개 뼈와 등, 목 주변으로 통증이 생겼다.

통증으로 운동을 한동안 하지 못했다. 운동 대신 병원을 다니며 치료를 받았지만 통증은 쉽게 회복되지 않았다. 치료 중 교통 사고 때문에 통증은 더 심해졌다.

운동을 하다가 멈추자, 체력이 약해지고, 근력도 감소하는 게 느껴졌다. 스트레스로 인해 정신적으로도 부정적으로 변하기 시작했다. 나는 다시 운동을 시작해야겠다고 생각했다. 그 날부터 다시 새벽에 일어나 걷기와 산책을 시작하며 기운을 되찾고 몸과 마음을 재정비하기 시작했다. 통증이 심한 날은 진통제를 먹었다. 운동의 힘이었을까. 당당해지고 자신감이 생기는 게 느껴졌다. 통증이 줄어든 날은 근력운동도 조금씩 시작했다. 나는 조금씩 나아지기 시작했다.

이렇게 운동은 나의 인생에 있어서 중요한 역할을 했다. 그래서 운동은 인생에 있어서 정말중요하다. 그 이유는 다음과 같다.

1. 체력
2. 정신
3. 자신감

첫째, 체력을 기를 수 있다.

우리의 몸은 20대 중·후반을 넘어가며 근력이 점점 약해진다는 연구결과가 있다. 나이를 들수록 운동을 하지 않는다면 우리 몸을 움직이게 만드는 근육이 약해진다. 또한, 현대 시대에 들어서며 과학과 기술의 발전으로 서서 일하는 시간보다 앉아서 일하는 경우가 늘고 있다. 그래서 우리는 운동을 습관화 시키는 게 필요하다. 건물에 들어가서 엘리베이터 대신 계단을 이용하고, 가까운 거리를 이동할 때는 운전보다 걷기가 좋을 것이다. 이러한 작은 습관은 우리를 건강하고 튼튼하게 만들 것이다.

둘째, 강한 정신력을 키울 수 있다.

스포츠에 있어서 한 가지 중요한 것이 있다. 경기를 이기기 위해서는 평소 꾸준함과 성실함은 필수이다. 텔레비전 속, 운동선수들을 보면 끝까지 포기하지 않는 모습을 볼 수 있다. 특히 2002년 한·일 월드컵을 보면 선수들은 하나 같이 한국을 위해 끝까지 싸웠던 것을 볼 수 있다. 이러한 과정 속에서 운동은 사람들에게 강한 정신력을 심어준다.

마라톤 경기를 통해서도 이해할 수 있다. 마라톤의 풀코스는 42.195km이다. 이렇게 긴 거리임에도 마라톤을 즐기는 사람들은 뛰고 또 뛴다. 뛰는 과정 속에서 분명 중간에 포기하고 싶은 생각이 들었을 것이다. 하지만 그들은 참고 또 참아낸다. 그리고 마침내 피니시(Finish)라인을 통과한다.

셋째, 자신감을 가질 수 있다.

운동을 하게 되면 자연스럽게 우리 몸속 근육을 쓰게 된다. 근육을 쓰는 동안은 고통이 찾아온다. 하지만 그 고통 속에서 우리는 자연스럽게 몸을 펴고, 굽히는 동작을 한다. 걷기운동만 해도 우리는 자신감을 가질 수 있다. 걷기 위해 허리를 곧게 펴고, 시선은 정면을 향할 것이다. 그리고 팔은 앞뒤로 강하게 뻗고, 다리는 지면을 닫는 순간 힘차게 밀고 나갈 것이다. 그러는 사이 우리는 자연스럽게 어깨와 가슴을 펴고 자신감 넘치는 모습을 취한다.

하루 30분만 나를 위해 투자하자

내가 새벽 운동을 할 때이다. 아침에 일어나면 운동복으로 바로 갈아입고, 밖으로 나갔다. 비가 오거나 날씨가 좋지 않은 날도 쉬지 않고 유지하기 위해 노력했다. 일주일이 지나면서 몸은 조금씩 운동에 적응하기 시작했다. 그렇게 한 달이라는 시간이 지나자 몸이 조금씩 변화하기 시작했다. 근육이 붙기 시작하면서, 육안으로도 달라진 것을 발견할 수 있었다. 그리고 2개월이 지나자 몸의 변화는 더욱 선명하게 나타났다. 그리고 운동을 하지 않게 되면 허전한 기분이 들었다. 그리고 3개월이 되자 몸은 확실히 변해있었다. 거울로 바뀐 몸을 보며 저절로 미소 짓는 나를 발견했다.

그래서 하루에 최소 30분은 자신을 위해 투자하길 권한다. 이유는 다음과 같다.

1. 성취감

2. 습관

첫째, 성취감

무엇인가 하루 30분씩 꾸준히 해본 경험이 있다면 알 것이다. 그 목표를 달성한 후 느끼는 성취감을 말이다. 운동도 마찬가지다. 매일 30분씩 3개월만 자신을 위해 노력하자. 그 성취감은 정말 높다. 왜냐하면 우리 몸은 거짓말을 하지 않기 때문이다.

둘째, 습관

한 가지 습관이 만들어지기 위해서는, 21일, 30일, 66일, 3개월 정도가 필요하다고 한다. 경험상 3개월이 되면 습관으로 자리 잡힌 게 몸으로 느껴진다. 3개월이 되면 별다른 계획이 없이도, 나의 생각과 몸이 반응을 먼저 하게 된다.

30분으로 많은 일을 할 수 있다.

30분으로 식사를 하며 배고픔을 해소할 수 있다.

30분으로 학교에서 수업시간에 지식을 배울 수 있다.

30분으로 독서를 하며 지혜를 배울 수 있다.

그리고 30분으로 우리는 건강이라는 보물을 받을 수 있다.

하루 30분, 우리 몸을 위해 오늘부터 운동을 시작하자!

04

하루의 가치를 소중히 여기자

처음에는 우리가 습관을 만들지만
그 다음에는 습관이 우리를 만든다.

존 드라이든

자수성가한 부자들에게는 한 가지 공통점이 있다. 그것은 자신에 대한 '믿음'이다. 그들은 어려운 상황에 처해도 자신을 의심하지 않고 '나는 언젠가는 부자가 되고, 성공할 것이다'라는 생각을 한다. 그리고 이러한 생각을 매일 말하고, 무조건적으로 믿고 생각하기를 반복한다.

전 세계 베스트셀러가 말하는 시간

성경에는 다음과 같은 구절이 나온다.

"사랑하는 자들아 주께는 하루가 천 년 같고 천 년이 하루 같다는 이 한 가지를 잊지 말라."
- 베드로후서 3:8 -

위의 문장을 읽으며, 시간에 관하여 깊이 있게 생각하게 되었다. 우리가 하루를 보낼 때 시간은 천천히 가는 것처럼 느낀다. 특히 자신이 싫어하는 상황에 마주하면 그 시간은 더욱 느리게 느껴진다. 반면 우리가 24시간 전, 1년 전, 3년 전, 5년 전, 10년 전의 시간을 돌아보자. 그 때의 시간은 빠르게 느껴지지 않는가? 어느 방송 프로그램에서 다음과 같은 이야기가 나왔다.

"하루가 십 년 같고, 십 년이 하루 같다."

이 말은 아마도 하루는 길고, 십 년이 짧게 느껴질 만큼 세월이 빠르게 지나갔다는 의미일 것이다. 우리의 부모님을 떠올려보자. 부모님 또한 젊은 시절이 있었을 것이다. 20대의 꽃 같이 아름다운 시절이 있었을 것이다. 그리던 중 결혼을 하고, 아들, 딸을 낳아 지금의 모습이 되었을 것이다. 종종 어르신들을 뵐 때면 "벌써 내가 이렇게 늙었나!" 라는 말을 한다. 하루라는 시간은 짧게 느껴지지만 하루가 모여, 일주일이 되고, 한 달이 되고 1년이라는 세월을 만든다.

하루의 습관은 정말 중요하다. 그 이유는 다음과 같다.

1. 시간의 가치를 깨닫는다.
2. 나를 변화시킨다.
3. 위기를 기회로 바꿔준다.

첫째, 시간의 가치를 깨닫는다.

하루의 습관을 만들기 시작하며, 시간의 가치를 깨닫게 되었다. 시간은 우리의 삶을 기다려주지 않는다. 하루라는 말은 결국 24시간을 뜻한다. 24시간은 사람에 따라 다르다. 누군가는 하루라는 시간을 25시간처럼 쪼개서 사용한다. 어떤 사람은 24시간을 그냥 물 흐르듯 사용한다. 25시간처럼 시간을 사용한다는 의미는 그만큼 시간을 중요하게 생각한다는 것이다. 하루라는 시간을 가치 있게 사용한다고 볼 수 있다.

둘째, 나를 변화시킨다.

하루라는 시간을 소중히 생각하고, 가치 있게 사용하면 자신 또한 시간을 대하는 것과 같이 소중하게 다룰 것이다. 시간을 가치 있게 생각한다는 의미는 자신을 그만큼 아끼고 사랑한다는 의미이다. 그리고 그 시간을 자신의 발전을 위해 사용한다고 가정했을 때, 보이지 않게 조금씩 성장하게 된다.

셋째, 위기를 기회로 바꿔준다.

하루하루를 가치 있게 사용하고, 나를 변화시키기 위해 노력하다보면 위기는 어느 새 기회로 바뀌어 있을 것이다. 우리에게 위기라는 장애물이 있다고 가정하자. 우리는 위기를 극복하기 위해 생각하고 고민할 것이다. 생각하고 고민하면서 해결방법을 찾기 위해 노력할 것이다. 체중 조절로 하루하루가 괴로운 사람은 체중을 감량하거나 증량하기 위해 고민할 것이다. 그리고 그 고민은 운동과 식단조절이라는 해결방법으로 이어질 것이다. 살을 빼고 난 이후의 삶은 그 이전과는 다른 삶으로 이어질 것이다.

슬럼프가 찾아왔다면 잘되고 있다는 증거이다

운동선수에게 공통적으로 찾아오는 것이 있다. 그것은 '슬럼프'이다. 운동선수에게 슬럼프가 찾아오면 2가지 반응으로 나뉜다. 한 가지는 슬럼프로 인해 스스로가 패배에 젖어드는 것이다. 왜냐하면 슬럼프가 찾아오면, 평소와 다르게 더 지치고, 힘들고 경기력도 좋지 않다. 이러한 부정적인 생각은 하루를 온전하게 보내지 못하게 한다. 다른 하나는 그 슬럼프에 맞서는 것이다. 슬럼프가 찾아와도 노력하고, 스스로에게 변화를 주기 시작한다. 오히려 슬럼프라는 위기를 기회로 바꾸기 위해 노력한다. 이러한 의식의 전환은 하루를 더욱 가치 있고 당당하게 보내게 한다.

이러한 슬럼프가 내게도 찾아왔다. 어느 날부터 출근하는 발걸음이 무거워졌다. 출근해서도 업무에 집중이 되지 않았다. 하루 종일 시계만 쳐다보며 퇴근 시간만 기다렸다. 나는 이대로 있다가는 무너질 수 있겠다는 생각이 들었다.

그래서 시작한 게 '나를 변화시키기 프로젝트' 였다. 이를 위해, 새벽에 무작정 일어나기 시작했다. 새벽에 나가 태양을 바라보고 나를 위한 다짐을 외쳤다. 그리고 운동, 독서, 필사 등 변화를 위한 자기계발을 시작했다. 그 중 운동과 독서는 나를 다시 일으켜 세운 원동력이 되었다. 또한, 독서를 통해 성공한 사람들도 독서와 운동 중 한 가지는 반드시 하고 있는 것을 발견했다. 이러한 사실을 깨달은 후 하루를 가치 있게 보내려고 노력했다. 새벽 시간과 저녁 시간을 활용하여, 나를 일으켜 세우고 나를 변화시키기 위해 시간을 투자했다. 그리고 점점 바뀌고 나아지는 나를 발견하며, 하루의 가치를 깨닫게 되었다.

하루의 가치를 깨닫지 못했을 때는 하루가 그냥 평범했다.
하루의 소중함을 알기 시작했을 때는 하루가 중요했다.
하루의 가치를 깨달았을 때는 하루가 나의 인생이 되었다.
여러분의 하루도 가치 있는 하루가 되길 바란다!

05

보상으로 습관을 완성하라

성공의 가장 중요한 원칙은 한 걸음 더 나아가는 습관을 기르는 것이다.

나폴레온 힐

우리는 특별한 날이나 좋은 일이 생기면 상대방을 위해 이벤트를 연다. 이벤트로 상대방을 감동시키기 위해 편지, 꽃다발, 장식품 등을 준비한다. 밸런타인데이에는 여자가 남자에게 초콜릿을 주고 화이트데이에는 남자가 여자를 위한 사탕을 준비하며 자신의 마음을 고백한다.

이렇게 특별한 날 중요한 한 가지는 상대방에게 주는 '선물'이다. 선물은 상대방이 무엇을 좋아하는지에 따라 달라지고, 상대방을 감동시키고 잊지 못할 하루를 만들어 준다.

습관도 마찬가지다. 우리가 습관을 만들기 위한 목표를 달성했다면 스스로를 위한 보상을 선물하자.

보상이 주는 동기부여

나는 일주일 중 하루를 나를 위한 보상의 날로 정했다. 그 날은 '주말'이다. 일주일간 고생한 나를 위한 일종의 선물이다. 일주일 간 새벽부터 일어나 운동하고 출근해서는 각종 업무와 씨름했다. 퇴근 후에도 시간을 낭비하지 않기 위해 자기계발에 매진했다. 그래서 주말만큼은 평일보다 나 스스로에게 자유를 준다. 주말은 나를 위한 선물이다. 습관을 완성한 나에게 주는 보상이며, 앞으로도 계속할 수 있는 동기부여가 된다.

비록 작은 보상이지만 이것은 습관을 만드는 과정에서 중요한 역할을 한다. 그 이유는 다음과 같다.

1. 만족감
2. 반복성
3. 지속성

첫째, 보상을 통해 만족감을 느낄 수 있다.

직장인에겐 월급날이 있다. 노동에 대한 보상이다. 월급날은 누구나 좋아한다. 그래서 일이 힘들어도 급여라는 보상이 있기 때문에 우리는 일을 지속할 수 있다. 이것은 개인이 습관을 만들 때도 동일하다. 습관을 만들 때는 고통이 따라온다. 그 과정 속에서 포기할 수도 있다. 하지만 그 고통에 대한 적절한 보상을 준다면 습관을 만드는 과정 속에서 보상을 생각하며 참아내고 이겨낼 수 있다. 왜냐하면 고통을 참고 이겨냈을 때 내게 느껴지는 만족감이 있기 때문이다.

둘째, 보상을 통해 반복할 수 있다.

매일 동일한 생활을 반복한다는 것은 한편으론 지루하고 재미없는 일일 수 있다. 만약 같은 시각 매일 팔굽혀 펴기를 한다고 가정하자. 팔굽혀 펴기를 하고 난 이후에 우리에게 돌아오는 좋은 점이 없다면 매일 반복하고 싶지는 않을 것이다. 하지만 팔굽혀 펴기를 통해 우리가 얻게 될 보상이 주어진다면 우리는 보상을 생각하며 운동을 하게 될 것이다.

셋째, 지속할 수 있는 힘이 생긴다.

한 가지 습관은 하루 이틀 만에 만들어지지 않는다. 최소 일주일 이상은 되어야 만들 수 있다. 그리고 습관이라는 게 직접 육안으로 확인이 되지 않기 때문에 중도에 포기할 수 있는 확률이 높다. 이러한 확률을 줄이기 위해서 우리에겐 일종의 동기부여가 필요하다. 동기부여 중 한 가지는 바로 '보상'이다.

운동습관이라는 목표를 잡았다고 가정하자. 습관을 만들기 위해 스스로 정한 기간은 1개월이라 가정하자. 그리고 1개월 후, 예쁜 원피스나 정장을 보상의 의미로 스스로에게 선물하자. 우리는 매일 운동하는 과정 중에 중단하고 싶은 생각이 떠오를 것이다. 그 순간 1달 후 우리가 바뀐 모습으로 멋진 원피스와 정장을 입고 있는 자신의 모습을 상상하는 것이다.

아이스크림과 마사지의 차이점

제임스 클리어의 『아주 작은 습관의 힘』에는 보상에 관하여 다음과 같이 나온다.

> 습관을 계속 유지하기 위해서는 성공했다는 느낌을 필수적으로 받아야 한다. 비록 아주 사소한 방식일지라도 말이다. 성공했다고 느끼는 것은 습관이 성과를 냈고, 그 일이 노력할 만한 가치가 있다는 신호이기 때문이다.
>
> 사실 좋은 습관이 주는 보상은 습관 그 자체다. 하지만 현실 세계에서 좋은 습관은 뭔가 얻는 게 있어야만 가치가 있다고 여겨진다. 처음에 그것은 만족감 그 자체다. 체육관에 몇 번 간다고 해서 더 튼튼해지거나 건강해지거나 더 빨리 달릴 수 있게 되진 않는다. 최소 현저히 느낄 만한 수준은 아니다. 몇 달이 지나 살이 몇 킬로그램 빠지고 팔뚝이 두꺼워지면 그때는 운

동 목적 그 자체만으로도 습관을 지속할 수 있지만 초기에는 그 상태를 유지할 이유가 필요하다.(…)

자신의 정체성과 갈등을 일으키는 것보다 그것에 부합하는 단기적 보상을 마련하는 것이 중요하다.(…)

만일 운동에 대한 보상으로 아이스크림 한 통을 먹는다면 정체성과 충돌할 것이다. 그러나 보상으로 마사지를 받는다면 정체성과 충돌하지 않을 것이다. 그러나 보상으로 마사지를 받는다면 뭔가 고급스러운 느낌도 들고 자기 몸을 살피는 계기도 된다. 이런 단기적 보상은 건강한 사람이 된다는 장기적 목표와 일치한다.

그리하여 기분이 더 나아지고, 에너지가 넘치고, 스트레스를 줄인다는 내재적 보상이 효과가 나타나기 시작하면 우리는 이차적인 보상을 덜 고려하기 시작한다.

위와 같이 한 가지 좋은 습관을 만들 때 보상은 우리의 습관을 지속하게 하고 완성하는 데 중요한 역할을 한다. 그렇다면 반대로 우리의 나쁜 습관을 위한 보상도 있다. 나쁜 습관은 반대로 생각할 필요가 있다. 나쁜 습관은 점점 줄여나가야 한다. 나쁜 습관에 대한 보상은 손해이다. 즉, 나쁜 습관을 멈추기 위해서는 일종에 그 습관을 했을 때 스스로에게 옳지 않다는 신호를 주어야 한다.

전지은 작가의 『어린이를 위한 아주 작은 습관의 힘』에는 나쁜 습관을 없애기 위한 방법에 대해 다음과 같이 나온다. 독자 중 자녀가 있다면 참고하면 좋을 것이라 생각한다.

나쁜 습관대로 움직였을 때 나쁜 결과가 따라온다면, 중단하기가 훨씬 쉽습니다. 지각을 하거나 숙제를 안 했을 때 벌점을 주는 것도, 나쁜 행동이 습관이 되지 않도록 막아 주는 장치가 된답니다. 나쁜 습관을 했을 때 주는 벌칙을 스스로 정해 보세요. 여러분이 좋아하는 것을 하지 않거나 싫어하는 것을 하도록 하는 게 좋습니다.

사람은 태어나면서부터 자신만의 고유한 재능과 장점을 가지고 있다. 대부분의 사람들은 자신의 장점과 재능을 눈여겨보기보다는 단점에 주목한다. 이러한 단점을 보는 생각은 습관으로 이어진다. 이러한 습관은 타인과의 비교를 하기 시작한다. 생각을 바꿔 자신이 가지고 있는 장점에 대해 생각해보자. 그리고 타인과 비교를 하지 말고 타인을 통해 자신이 무엇을 잘하고, 타인보다 내가 더욱 잘할 수 있는 부분이 무엇인지 고민하자. 그리고 자신이 잘할 수 있는 부분을 개발하고 발전시켜 나가자. 자신의 장점을 발전시켜 나가는 과정 속에서 힘들고 지치는 순간이 올 것이다. 그 과정을 끝마치고 난 이후의 모습을 생각하고, 틈틈이 나를 위한 보상을 선물하자.

06

평범한 하루가 즐거워지는 습관여행

성공한 사람은 실패한 사람이 좋아하지 않는 일을 하는
습관이 있는 사람이다.

토마스 에디슨

많은 사람이 여행을 좋아한다. 여행은 국적, 나이, 성별에 상관없이 대부분 좋아한다. 여행은 우리에게 많은 것을 느끼게 해준다. 새로운 문화에 대한 기대, 처음 먹게 될 음식에 대한 기대감 등 이다. 여행지에서 보고 느낀 추억들은 하나 같이 소중한 보물 같다. 오직 그 장소, 그 시간에서만 느낄 수 있기 때문이다. 우리는 이러한 보물을 많이 남기기 위해 사진을 찍는다.

사진은 소중한 추억으로 남고, 우리는 영원히 그 추억을 생각하고 보관한다. 그 보관함의 추억은 오직 나만이 알 수 있다. 마치 우리가 들어가는 집의 현관문 비밀번호처럼 말이다. 우리는 일상에 지칠 때면 과거의 여행을 떠올린다.

보관된 추억을 꺼내기 위해 나만의 비밀번호를 입력하여 꺼내 본다. 최근에는 여행을 하는 직장인이 늘어나고 있다. 바쁘고 힘겨운 상황 속에 여행은 하나의 힐링과 같을 것이다. 이제 퇴근 후에도 그 힐링을 경험하자. 자신만의 습관으로 말이다.

직장에서 하는 버킷리스트

나는 여행을 좋아한다. 새로운 곳을 보고 체험하는 것이 좋다. 그곳에서 처음 보는 낯선 사람과의 대화는 나의 몸과 마음을 신선하게 해준다. 그래서 직장생활 중 시간이 날 때면 여행을 다니곤 했다. 직장생활 중에는 여행을 갈 수 있는 시기가 한정적이다. 주말 시간, 하계 여름휴가, 공휴일 등. 이 중 공휴일 기간 동안 해외여행을 간 경험이 있다.

3박 4일 동안 홍콩으로 여행을 갔다. 한 번쯤은 홍콩이라는 나라를 가보고 싶었다. 사실 3일이면 여행을 하기 에는 짧은 기간이다. 그래서 아시아권의 나라 중 가고 싶었던 홍콩을 선택했다.

홍콩에서 가장 기억에 남는 것은 '야경'이었다. 홍콩의 야경은 오랜 시간이 지났음에도 아직도 기억에 남아 있다. 한번 시작한 여행은 매년 지속되었다. 일종의 습관처럼 되어버렸다. 그래서 하계휴가가 다가 올 때쯤이면 어느 나라를 방문할지 상상을 하곤 했다.

여행을 가기 전에는 꼼꼼한 준비가 필요하다. 여행지 선택, 숙박 장소, 여행지에서의 동선 등을 계획해야 한다. 여행 준비가 잘 된다면 여행지에서 시간과 에너지 낭비를 최소화 할 수 있다. 여행을 갈 때에는 하루의 계획을 짜고 동선을 정해야 한다. 여행지에서 동선을 계획하는 것은 정말 중요하다. 왜냐하면 여행 기간 동안의 시간은 상대적으로 빠르게 느껴진다. 출국할 때의 좋았던 기분은 입국할 때 아쉬움으로 변해있다. 그래서 하루의 시간을 타임 테이블에 맞춰 투어장소, 식사, 숙박 등 기준을 가지고 여행한다.

이러한 계획은 우리의 하루 계획과도 유사하다. 특히 퇴근 후 우리가 이동하게 될 동선과 많은 공통점이 있다.

퇴근 후 떠나는 습관여행

나는 퇴근 후 보통 2가지 이상의 자기계발을 한다. 가끔 몸이 힘들거나 정신이 힘든 날이 있는데 그때 생각했던 것이 자기계발도 여행처럼 생각의 전환을 하는 것이다. 퇴근 후 자기계발을 위한 동선을 계획하여, 여행 간다는 생각으로 실행하였다. 그냥 자기계발을 위해 이동한다고 생각했을 때에는 부담감이 몰려왔었다. 하지만 생각을 바꾸자 기대감이 생기기 시작했다.

간단히 설명하자면 다음과 같다. 퇴근 후, 저녁식사를 하고 도서관에서 독서를 한 후 마트에서 과일을 구매하고, 운동 할 계획이다. 즉, 퇴근 - 저녁 식사 - 독서 - 과일 구매 - 운동으로 자기계발 계획을 세웠다.

위의 계획을 보면 바빠 보인다. 많은 것을 해야 한다는 생각에 부담감과 스트레스를 불러올 수 있다. 이러한 스트레스를 없애고자 생각 자체를 바꿨다. 그 생각은 퇴근 후 자기계발을 위해 여행을 간다는 생각으로 접근했다.

식당에서 저녁 식사를 마치고 도서관에서 독서를 하고 마트에서 과일을 산 후 집에서 운동을 한다. 즉, 내가 하는 것에 초점을 맞추기보다 하나의 동선을 짜고 장소에 집중했다. 그리고 그 장소에 방문한다고 생각했다.

즉, 회사(퇴근 후) - 도서관 - 마트 - 집으로 구성했다. 그리고 장소별 머무는 시간을 정했다. 실로 작은 생각의 차이였지만 효과는 좋았다. 단순히 퇴근 후 자기계발을 한다는 생각은 부담감으로 다가왔지만 생각을 바꾸니 기대감으로 변했다. 퇴근 후 여행을 간다고 생각하자, 오히려 기대감과 설렘이 느껴지기 시작했다. 이렇게 생각을 바꾸자 다음과 같은 변화가 나타났다.

1. 여행 같은 하루
2. 계획적인 시간 사용
3. 성장하는 나

첫째, 여행 같은 하루가 된다.

한국을 떠나 해외로 가는 것이 아니지만, 실제로 여행을 가는 것처럼 착각을 불러일으킨다. 그리고 그곳에서 무엇을 할지에 대한 기대감도 생긴다.

둘째, 계획적으로 시간을 사용하게 된다.

퇴근 이후에 이동할 장소를 계획할 때 머리로만 생각하지 않고 실제로 여행 가는 것처럼 종이에 적었다. 종이에 적는 순간 자연스럽게 그곳에서 필요한 시간을 계산하게 된다. 시간을 계산하며 최대한 효율적인 동선과 그곳에서 해야 할 일에 집중하게 된다.

셋째, 성장하는 나를 발견하게 된다.

도서관에 가면 책을 읽고 생각을 한다. 도서관에서 나와 다음 목적지인 집에서는 영어 공부를 한다. 모두 나를 위한 자기계발이다. 여행을 간다는 생각으로 접근했지만, 그곳에서 우리는 책을 읽고 공부를 하는 것이다. 그와 동시에 우리는 조금씩 성장하고 있을 것이다.

생각은 여행으로, 습관은 즐거움으로

이렇게 퇴근 후의 시간을 여행이라는 생각의 전환을 했다. 이러한 생각은 습관으로 자리 잡았다. 이러한 생각습관은 퇴근 후 나를 성장시키고, 즐겁게 만드는 과정으로 바뀌어 갔다.

대부분의 사람은 하루의 시작과 함께 생각을 단정 짓는다.

같은 장소, 동일한 사람 그리고 쳇바퀴 같은 일상으로 말이다. 물론 이러한 일상이 무료하고, 동일하게 여겨질 수 있지만 그 속을 들여다보면 우리에게 동일하고 똑같은 일상은 없다. 단지 동일하고 똑같아 보이는 우리의 생각이 존재하는 것이다. 우리가 살고 있는 지구를 보자. 지구는 단 1초도 멈추지 않는다. 이는 우리의 삶도 마찬가지다.

지금 이 순간도 여러분은 계속 변화하고, 여러분 주위 환경도 계속 변화하며 움직이고 있다. 이 글을 읽는 오늘부터 일상의 전환을 시작하자.

이제 한국에서 여러분의 여행을 시작하자! 그리고 여행 같은 일상 속에서 여러분만의 습관을 계발하여 성장하길 바란다.

07

내 삶을 바꾼 2가지 습관

효율적인 경영자들의 공통점은
그들이 저마다 다른 재능과 성격을 지니고 있더라도
그 재능과 성격을 효율적인 방향으로 이끌어가는 습관이 있다는 것이다.

피터 드러커

우리는 세상을 살면서 많은 선택의 기로에 놓인다. 아침에 눈 뜨면 잠들기까지 많은 선택에 놓여있다. 그것은 사소한 선택부터 인생의 중요한 선택까지. 아침에는 몇 시에 일어날지, 점심은 무엇을 먹을지, 신발은 어떤 신발을 신을지 등 사소한 것도 선택이 필요하다.

학생 시절에는 전공을 무엇을 선택할지, 어디 대학교를 갈지, 대학교를 졸업해서는 어느 곳으로 취직할지, 누구와 결혼할지 등 인생의 중대한 선택을 해야 할 때도 있다.

이러한 선택을 앞두고 우리에게 필요한 것은 미래를 내다보는 통찰력과 후회하지 않을 신중함이다. 둘 중 하나는 반드시 선택해야 한다. 이러한 선택을 앞두고 우리는 많은 생각과 고민을 할 것이다. 이러한 순간 우리에게 필요한 것이 있다. 명확한 판단력이다. 명확한 판단을 위해 우리가 해야 할 2가지를 소개하겠다.

내 삶을 지탱해준 2가지 습관

직장생활을 하다보면 많은 선택의 순간이 찾아온다. 이러한 선택의 순간에 내가 할 수 있는 것은 제한적이다. 선택의 순간이 찾아왔을 때 내가 하는 몇 가지 행동이 있다. 그것은 '독서와 운동'이다. 책 속에는 내가 알지 못하는 많은 전문 지식이 적혀있다. 또한 나보다 먼저 앞서 살아온 인생 선배들의 이야기를 읽어볼 수 있다. 특히 선택의 순간에 놓일 때 책을 읽으면 아무것도 하지 않는 상태일 때보다 많은 도움을 받을 수 있다.

그리고 독서는 우리가 문제에 직면했을 가장 효율적이고 지혜롭게 해결할 수 있는 방법이라 생각한다.

또한 세상을 살다보면 예상치 못한 상황으로 스트레스와 정신적인 문제를 겪을 때가 있다. 가끔 독서조차 하지 못하고, 책으로는 해결되지 않는 상태에 처할 때가 있다. 그래서 우리에게는 운동이 필요하다. 운동을 했을 때 우리 신체는 많은 변화가 나타난다.

현대 시대에 점점 증가하고 있는 불안, 우울, 불면증은 운동을 통해 충분히 감소시킬 수 있다. 운동을 하면 우리의 인지기능과 신체기능이 상승한다. 이러한 기능이 상승함으로 우리의 수명도 연장할 수 있다. 그래서 우리는 정신적인 면과 신체적인 면을 동시에 생각하고 관리해야 한다. 그 이유는 다음과 같다.

1. 뇌의 기능
2. 생활습관
3. 조화의 기능

첫째, 뇌의 기능이다.

우리 뇌는 대뇌, 간뇌, 뇌간, 소뇌로 이루어져 있다. 대뇌는 부피가 가장 크며 운동, 감각의 기능을 가지고 있다. 그리고 좌측의 뇌는 언어 기능, 반복 동작, 계산 기능 등을 담당한다. 우측의 뇌는 도형 그리기, 길을 찾는 기능 등의 시간과 공간의 능력을 가지고 있다. 대뇌의 앞쪽인 전두엽은 목표와 계획을 세우고 목표를 점검하는 기능을 한다. 전두엽 아랫부분은 충동 조절과 관계가 있고, 뒤쪽에 있는 대뇌 피질은 시각, 청각 등을 인식하는 기능을 한다.

이렇게 뇌는 우리의 모든 기능에 영향을 미치고 있다. 이러한 뇌의 기능을 향상시키기 위해서는 독서가 필요하다. 독서를 장기간 꾸준히 하다보면 뇌가 변하는 느낌이 온다. 사고하는 능력이 달라지는 시점이 온다.

둘째, 앉아서 일하는 생활이다.

현대 시대의 사람과 원시시대의 사람을 보면 겉모습은 달라 보일 수 있다. 하지만 우리 모습을 구성하는 유전자는 큰 변화가 없다고 한다. 그러나 우리의 생활 방식은 큰 변화가 생겼다. 그 중 하나가 컴퓨터와 앉아서 일하는 생활 방식이다.

컴퓨터의 발달로 업무는 대부분이 전산화 되었다. 전산화로 인해 앉아서 일하는 사무직이 늘어났다. 이러한 사무직은 오랫동안 앉아서 일하는 생활로 이어졌다.

이러한 생활 방식은 편리해졌지만, 우리의 움직임을 줄어들게 만들었다. 이로 인해 사람들의 건강이 악화되는 부작용이 생겼다. 건강을 악화시키는 것을 멈추기 위한 방법이 운동이다.

무산소 운동과 유산소 운동을 병행하며, 신체 기능을 단련하고 향상시켜야 한다. 그리고 운동 후 부족한 영양을 보충하고, 휴식을 통해 몸을 풀어줘야 한다. 그래서 운동은 우리 생활에 반드시 필요하다. 또한, 4차 산업혁명이 다가 오는 AI시대에 로봇은 우리 건강을 책임져 줄 수 없다. 건강은 우리 스스로 챙겨야 한다.

셋째, 조화의 기능이다.

영국의 언론인이자 정치가인 리처드 스틸은 다음과 같이 말했다. 독서와 정신의 관계는 운동과 육체의 관계와 마찬가지다. 우리가 만약 움직이지 않고, 앉아있거나 누워만 있다면 우리의 신체능력은 점점 쇠퇴할 것이다. 반면 제대로 알지 못한 채 운동만 한다면 잘못된 생각과 지식으로 빠질 오류가 있다. 그래서 독서와 운동을 통해 우리의 정신적인 면과 신체적인 면의 조화가 필요하다.

위기는 기회로, 기회는 더 큰 기회로

나에게 위기는 항상 있었다. 출근이 싫어지기 시작하면서 위기를 돌파하기 위해 시작한 것이 아침에 무작정 나가 걷는 것이었다. 그리고 또 한 가지가 독서였다. 걷기와 독서는 나의 몸과 마음을 건강하게 만들었다.

지금 돌이켜보면 그 당시 독서와 운동을 하지 않았다면, 나는 업무에 집중하지 못했을 것이다. 업무에 집중하지 못하며, 부정적인 생각만 했을 것이다. 하지만 독서를 하고 운동을 하며, 스스로를 점검했고, 해결책을 찾는 계기가 되었다.

여러분도 인생을 살다보면 수많은 장애물과 위기가 닥쳐올 것이다. 그때 책을 들고 운동을 하라고 권하고 싶다. 운동을 하고, 생각하는 동안 자신을 성찰하게 될 것이다. 이러한 성찰은 여러분을 더 나은 인생으로 인도해 줄 것이라 믿는다.

2가지 습관이 인생을 바꾼다

(1) 위기는 성장의 기회가 된다

- 위기는 성장의 시작이 될 수 있다
- 위기를 받아들이고, 한 단계 성장하는 기회로 생각하자

(2) 습관을 만들 때 중요한 환경

- 독서습관을 만들기 위해 환경을 설계하자
- 집안 곳곳 눈에 보이는 곳에 책을 놓자(화장실, 주방, 침실 등)

(3) 세계 최고의 리더들의 습관

- 세계 리더라 불리는 역대 대통령은 운동하는 습관을 갖고 있었다
- 미국 오바마 대통령(농구), 프랑스 사르코지 대통령(조깅), 중국 후진타오 국가주석(탁구)

(4) 습관에 있어 하루가 중요한 이유

- 습관은 하루하루가 모여 만들어 진다
- 습관을 만들기 위해서는 하루 24시간부터 관리가 필요하다

(5) 습관을 완성할 때 필요한 보상

- 습관을 유지하기 위해서는 성공했다는 느낌이 중요하다
- 적절한 보상은 습관을 지속시킬 수 있다

(6) 여행처럼 습관의 동선을 만들자

- 여행처럼 하루 일정의 동선을 만들자

- 미리 동선을 만든다면, 불필요한 시간낭비와 에너지 소비가 줄어 들 것이다
- 약간의 여행 같은 기분은 덤으로 느낄 수 있다

(7) 당신의 삶을 바꿀 2가지 습관

- 독서와 운동은 삶의 긍정적인 영향을 준다
- 뇌의 긍정적인 영향으로 뇌가 성장할 수 있다
- 일상 속 생활습관의 변화가 찾아온다

방황의 끝에서 발견한 2가지 성공습관

참 많이도 방황한 것 같다. 내가 어디로 가야할지. 나는 어디에 있는지. 내가 살아가는 목적은 무엇인지. 인생의 진정한 의미는 무엇인지. 내가 고민하고 겪었던 많은 일들을 이 한 장에 모두 담지는 못하겠지만, 인생의 고비마다 해결책을 찾기 위해 많은 몸부림을 친 것만은 확실한 것 같다.

이러한 과정 속에 해결책을 찾기 위해 사람들에게 묻기도 했지만, 답을 찾기는 어려웠다. 오히려 이상한 취급을 받아야 할 때도 있었다. 그도 그럴 것이, 지금 당장 먹고 살기도 힘든데, 인생에 대한 사색과 철학적 접근은 어쩌면 사치스러운 것일 수도 있겠다는 생각을 했다.

나는 이 문제에 대한 답을 찾기 위해 스스로 움직이기 시작했다. 독서를 하고, 필사를 하고, 기도를 하고, 명상을 하고, 내 일과를 기록하고, 무작정 걷고, 뛰고, 맨몸 운동을 하고, 쇳덩이를 들기 시작했다. 그렇게 시간이 흐르며, 한 가지 궁금증이 생기기 시작했다. 흔히 성공한 사람으로 불리는 사람들은 이러한 문제에 직면할 때 어떻게 해결할지 말이다. 그들은 어떻게 생각하고 어떻게 행동하고 어떻게 풀어나갈지 궁금했다.

이러한 궁금증과 함께 2가지 습관을 발견했다.

바로 독서와 운동이다. 성공한 사람들은 이 2가지 습관을 공통적으로 실천하고 있었다. 이름만 대면 알만한 기업가, 정치인, 심지어 대통령까지도 말이다. 그들 또한 책을 통해 지식과 지혜를 얻고, 운동을 통해 체력과 자신감을 얻고 있었다.

그리고 이 2가지는 우리 신체 중 '뇌'에도 좋은 영향을 준다는 것을 발견했다. 나는 어느 순간부터 예전과 다르다는 것을 느끼기 시작했다. 그 시점을 기준으로 업무에 있어서, 독서를 할 때, 글을 쓸 때, 운동을 할 때 차이를 느끼기 시작했다.

이 책이 출간될 즈음이면 나는 스포츠지도사라는 자격증의 연수를 듣고 있을 것이다. 나는 독서와 운동을 하며, 이왕 한다면 관련 자격증을 함께 병행하면 좋지 않을까 하는 생각을 했다. 그리고 찾아낸 게 독서지도사와 스포츠지도사였다. 그 결과로 독서지도사1급과 독서논술지도사1급 자격증을 취득 하였고, 스포츠지도사는 필기, 실기 및 구술시험에 합격했다.

독서와 운동
운동과 독서

이 2가지는 상호 보완적인 습관이라 생각한다. 이 2가지 습관은 나이, 성별을 막론하고 누구에게나 필요한 습관이라 생각한다. 현재 자신의 위치가 어떠하든 독서와 운동은 당신의 가치를 높여줄 것이라 생각한다. 이 둘은 마치 정신과 육체처럼 분리된 것이 아닌 서로 유기적인 관계라 생각한다.

신이 우리에게 준, 성공에 필요한 2가지 도구는 교육과 운동이다.

하나는 영혼을 위한 것이고, 다른 하나는 신체를 위한 것이다. 하지만 이 둘은 결코 분리할 수 없다. 둘을 함께 추구해야만 완벽함에 이를 수 있다.

위의 문장은 고대 그리스의 철학자 플라톤이 한 말이다.

아마도 우리에게 철학자라 함은, 사색을 하고 두꺼운 책을 들고 다니는 지식인의 이미지가 강할 것이다. 하지만 이미 고대시대부터 독서와 운동은 강조되어 있었다. 심지어 위와 같은 명언을 남긴 플라톤은 레슬링 대회에서 우승을 할 정도로 운동을 중요시 한 인물이었다.

내가 생각해 볼 때, 고대시대에도 독서와 운동이 인간에게 주는 긍정적인 영향을 이해하고 있었을 것이라 생각한다. 그리고 본 책을 통해 궁극적으로 말하고자 했던 둘의 조화를 강조하고 있다.

나는 매일 아침이면, 독서와 운동을 실천하고 있다. 이제는 나의 삶을 유지하는 근간이 되었다고 해도 과언이 아니다. 2가지 습관의 중요성을 깨달은 후, 나의 안식처인 원룸은 독서를 하는 공간과 운동하는 공간으로 나누었다. 비록 방은 좁지만 독서와 운동을 병행하며, 새로운 꿈을 준비하고 있다.

책을 통해 지식과 지혜를 배울 수 있다면, 운동을 통해서는 체력과 자신감을 가질 수 있다고 생각한다.

아무 것도 내세울 게 없었던 내게, 책을 통해 삶의 방향과 희망을 찾을 수 있었고, 운동을 통해 위기 속 기회를 찾고 앞으로 나아가는 용기를 가질 수 있었다.

독서와 운동
운동과 독서

이 2가지 습관은 모든 사람에게 필요하고, 정말 유익한 최고의 습관이라 생각한다.

나는 여러분도 독서를 통해 삶의 방향을 찾고 운동을 통해 용기를 얻는 경험을 했으면 싶다. 언제나 당신의 꿈과 희망을 응원하며, 독서와 운동이 당신의 삶 속에 꽃피우기를 바란다.

《성공한 사람들이 실천하는 2가지 습관》을 읽어주신 독자님들께 다시 한 번, 감사드리며.

2021년 7월

참고문헌

맥스미디어 편집부, 『스포츠는 세상을 바꾸는 힘이다』, 맥스미디어편집부, 2011
이해성, 『1등의 독서법』, 미다스북스, 2016
하태호, 『442 시간 법칙』, 중앙경제평론사, 2020
김옥림, 『이건희 그가 남긴 말』, 씽크북, 2013
현대경제연구원, 『정주영 경영을 말하다』, 현대경제연구원books, 2011
롤프 모리엔·하인츠 핀켈리우, 『워런버핏』, 다산북스, 2019
윤휘종·양형욱, 『도전하는 이병철, 창조하는 이건희』, 무한, 2010
존 레이티·에릭 헤이거먼,『운동화 신은 뇌』, 녹색지팡이, 2020
리처드 탈러(세일러)·캐스 선스타인, 『넛지』, 리더스북, 2009
김승호, 『생각의 비밀』, 황금사자, 2015
김승호, 『김밥 파는 CEO』, 황금사자, 2010
팀페리스, 『타이탄의 도구들』, 토네이도, 2017
홍하상, 『이병철vs정주영』, 한국경제신문, 2004
김호진, 『똑똑해지는 뇌과학 독서법』, 리텍콘텐츠, 2020
제임스 클리어, 『아주 작은 습관의 힘』, 비즈니스북스, 2019
전지은, 『어린이를 위한 아주 작은 습관의 힘』, 비즈니스북스, 2019
앤 재닛 존슨, 『워런 버핏 이야기』, 명진출판, 2009
롤프 모리엔·하인츠 핀켈라우, 『워런 버핏』, 2019
정선근, 『백년허리』, 사이언스북스, 2015
정선근, 『백년목』, 사이언스북스, 2017
정선근, 『백년운동』, 언탱글링, 2019
소프트뱅크 신규채용 라이브 편찬위원회, 『지금 너에게 가장 필요한 것은』, 미래북스, 2013
이타가키 에이켄, 『손정의 제곱법칙』, 한국경제신문, 2015
윤슬, 『시간 관리 시크릿』, 담다, 2020
자브리나 하아제, 『원하는 나를 만드는 오직 66일』, 위즈덤하우스, 2020

성공한 사람들이 실천하는 2가지 습관

초판인쇄 2021년 7월 28일
초판발행 2021년 8월 4일

지은이 최수민
발행인 조현수
펴낸곳 도서출판 더로드
기획 조용재
마케팅 최관호 백소영
편집 권 표
디자인 호기심고양이

주소 경기도 고양시 일산동구 백석2동 1301-2 넥스빌오피스텔 704호
전화 031-925-5366~7
팩스 031-925-5368
이메일 provence70@naver.com
등록번호 제2015-000135호
등록 2015년 06월 18일

정가 15,000원
ISBN 979-11-6338-168-6 03810